K.

Ralf Günther

Als Bach nach Dresden kam

Mit einem Nachwort von
Jan Katzschke

Kindler

1. Auflage Oktober 2018

Satz aus der Janson bei Dörlemann Satz, Lemförde
Druck und Bindung GGP Media GmbH, Pößneck
ISBN 978 3 463 40706 7

Als Bach nach Dresden kam

Langsam liess er das Instrument an seine linke Seite sinken. Den Bogen hielt er in der Rechten. Erschöpft lag das Kinn auf seiner Brust. Die Musik war verklungen. Ohne jede Regung stand er da. Atemlos verharrten auch seine Musiker, nach Instrumentengruppen im Halbkreis um ihren Konzertmeister herum angeordnet, die Blicke auf ihn gerichtet.

Der lange Moment stiller Erwartung und höchster Anspannung, bevor der Applaus des Publikums die Erlösung bringt.

Allein für diesen Augenblick lebte Jean-Baptiste Volumier, Konzertmeister und Direktor der französischen Hofmusik in Dresden. Und erst als der Applaus immer dichter auf die Hofkapelle niederprasselte, lag nicht mehr der gequälte Ausdruck des Heilands im Moment des Todes auf Volumiers Gesicht, sondern das Lächeln der Wiederauferstehung.

Der Triumph war vollkommen, als er sah, dass sein Brotherr, August, Kurfürst von Sachsen und König von Polen, sich erhob, um zu applaudieren. Das war die höchste Ehrerbietung, die sein Herrscher einem Untergebenen, der in der Hierarchie so weit unten stand wie der Direktor der französischen Hofmusik, gewähren konnte.

Als Volumier sich seinen Musikern zuwandte, hatten auch diese sich erhoben. Die Geiger schlugen ihre Bögen rhythmisch gegen die Notenpulte, der Beifall wollte nicht versiegen. So lange nicht, bis August den Saal mit einer Geste zum Schweigen brachte, um den *«très cher Monsieur le Directeur»* mit Worten in den Himmel zu heben. Und zugleich sank Volumier in die erdentiefste Verbeugung.

DER SAAL hatte sich bereits geleert und Volumier sein Instrument mit zärtlicher Fürsorge in den Kasten gelegt, da trat Graf Flemming auf ihn zu, Augusts Kanzler und Kenner der Künste.

«Monsieur le Directeur, niemals wurden unseren Ohren solche Genüsse bereitet.»

«Zu gütig, Exzellenz!», entgegnete Volumier. «Die allerleichtesten Genüsse fußen auf der allerschwersten Arbeit.»

«Das weiß ich wohl, Monsieur le Directeur! Gerade aus diesem Grund verlangt Seine Majestät der König nach Euch.»

Volumier schloss den Deckel des Geigenkastens und bat einen seiner Musiker, das gute Stück an seinen Ort zu bringen. Dann folgte er dem Kanzler.

Sie trafen August auf den Gängen des Schlosses. Keine Audienz, nur ein Gespräch unter vier Augen. Doch was der Herrscher seinem Untertan eröffnete, war geeignet, Volumiers Welt zu erschüttern.

«Monsieur le Directeur, habt Dank! Ihr seid über Euch hinausgewachsen!»

Der Gelobte sank erneut in tiefste Verbeugung.

«Habt Ihr, Maître», fuhr August fort, «von den Pariser Vorkommnissen gehört?»

Volumier hob die Schultern, um die Antwort hinauszuzögern. Natürlich hatte er davon gehört. Die Welt der Musik sprach über nichts anderes.

«Louis Marchand, Euer Landsmann und Virtuose der schöngeistigen Musik, musste sich vom französischen Hof entfernen. Man könnte auch sagen: Er musste fliehen.» Der König rollte vergnügt die Lippen.

Volumier verzog das Gesicht. «Man sagt, er habe sich impertinent gegen seinen Herrscher verhalten. Sein Lebenswandel sei der eines Taugenichts.»

«Ihr habt also doch davon gehört!», warf Flemming ein.

«Entfernt und am Rande», wand sich Volumier.

Augusts Blick ließ sich keine seiner Regungen, kein Zucken der Gesichtsmuskeln seines Konzertmeisters entgehen. «Das Urteil der schöngeistigen Welt über diesen Mann lautet», fuhr der König fort, «er sei der größte lebende Virtuose, der ein Tasteninstrument bedienen kann. Die Orgel ebenso kunstfertig wie das Clavicimbel.»

Volumier spürte, wie der Erfolg seines Konzerts begann, sich in eine Niederlage zu verwandeln. War der Beifall nicht dünner gewesen als sonst? Und hatte der Herrscher sich nicht früher als sonst erhoben, um den Applaus abzukürzen? Wankte womöglich sein Stuhl?

«Suchen Euer Majestät denn einen Tastenkünstler für die französische Hofmusik?», erkundigte er sich mit dünner Stimme.

Flemming, der die Budgets für die Kunst am Hofe verwaltete, fühlte sich berufen zu antworten: «Ihr wisst, Monsieur, dass wir ein musenfreudiger Hof sind – der Größe und Bedeutung unseres Herrschers entsprechend. Es geht lediglich darum, eine gute Gelegenheit zu nutzen. Monsieur Marchand ist zweifelsohne der größte lebende Musiker und Komponist.»

Volumier verzog erneut das Gesicht. War er selbst denn kein großer Musiker und Komponist?

«Mehr noch», setzte August hinzu. «Wir könnten ihn aus misslicher Lage befreien und an unseren Hof binden. Immerhin sprechen wir vom einstmaligen Hofkompositeur Ludwigs des Vierzehnten!»

«Man hört, er habe Schulden angehäuft», versuchte Volumier einen Einwand vorzubringen.

«Umso nötiger bedarf er unserer Hilfe.»

«Man sagt auch», fuhr Volumier fort, «dass er seine Frau verlassen hat – mitsamt ihrem veruntreuten Vermögen! Und einer Geliebten im Schlepptau!»

Streng musterte August seinen Musikdirektor. «Ist es möglich, dass Ihr aus selbstsüchtigen Beweggründen gegen die Verpflichtung dieses Mannes redet? Dass Ihr, um es unverblümt zu sagen, die zweite Geige zu spielen fürchtet?»

Flemming lächelte, um seinem Herrscher zu zeigen, dass ihm das Wortspiel nicht verborgen geblieben war.

Volumier atmete geräuschvoll aus. «Sire!»

August lächelte. «Hochverehrter Maître Volumier, Wir wären doch ein Narr, würden Wir im Moment Eures größten Triumphes nach einem Nachfolger Ausschau halten! Wollt Ihr Uns einen Narren schimpfen?»

Volumier wollte antworten, doch August schnitt ihm das Wort ab. «Ihr wisst, Ihr seid unersetzlich, *mon très cher Monsieur le Directeur*! Wir beabsichtigen lediglich, den größten lebenden Tastenvirtuosen in diesen Mauern zu beherbergen und sein Spiel anzuhören, nichts weiter. Allein um zu beurteilen, ob das Lob gerechtfertigt ist, mit dem man ihn überschüttet. Wir befehlen Euch, Monsieur le Directeur, reist zu ihm, koste es, was es wolle, und überbringt ihm unsere Einladung. Bietet ihm Lohn in angemessener Höhe für seine Reise, seinen Auftritt, seine Auslagen et cetera et cetera. Möge er, da er Zuflucht sucht, sie bei uns finden. Darüber hinaus wird er ein Publikum mit geschultem Ohr und ein Dach über dem Kopf finden.»

«Aber wird er hier auch eine Zukunft finden? Darum wird es ihm zuvörderst zu tun sein!»

«Das werden Wir sehen.» August nahm Volumier scharf in den Blick. «An diesem Hof ist Platz für zwei Virtuosen. Ihr wisst, wie sehr ich Eure französische Hofmusik schätze. Auch das deutsche Tastenfach ist durch Meister Petzold brav besetzt. Monsieur Marchand wäre eine Bereicherung. Ganz gewiss eine Stärkung Eurer Position, Maître, keine *dégradation, pas du tout!*»

Volumier sank erneut in eine Verbeugung. Am Rascheln der Prunkgewänder hörte er, dass August sich entfernte. Erst als seine Schritte verklungen waren, wagte er, sich wieder aufzurichten. Und trotz der Versicherung des Fürsten war seine Angst nicht geringer geworden. Allzu bequem hatte er sich in der Situation eingerichtet, an diesem Hof keinen Rivalen zu haben. Doch diese Zeit schien nun zu Ende zu gehen.

ALS EINER von Augusts Agenten einigermaßen sichere Nachricht von Marchands derzeitigem Aufenthalt – Brüssel, ausgerechnet! – brachte, erwachten in Volumier widerstreitende Gefühle. War er doch unter dem Kindsnamen Jan-Baptist Woulmeyer ebendort geboren, bevor er, um eine fundierte musikalische Ausbildung zu erhalten, nach Paris gegangen war. Eine Reise in die Hauptstadt der Spanischen Niederlande konfrontierte ihn auf unangenehme Weise mit den eigenen Wurzeln. Wurzeln, die er bislang in Dresden, wie überall, verschwiegen hatte. Hier hielt man ihn für einen Franzosen – und nicht für einen Untertan des Habsburgerhauses.

Zu allem Überdruss hasste Volumier das Reisen. Die ordinären Postkutschen mit ihrem die Organe reizenden Geschuckel, den oftmals vollgespienen, mit Stroh ausgelegten Kästen und der abgestandenen Luft waren ihm ein Graus.

Eine Hofkalesche allerdings hätte August ihm nicht zugestanden. Volumier war Direktor der französischen Hofmusik, kein Minister. Bei aller Wertschätzung der schönen Künste – diesen Unterschied wusste das Protokoll zu wahren.

So musste Volumier wohl oder übel die schier endlose Reihung heruntergekommener Gaststätten, verlauster Herbergen und durchgesessener Kutschpolster über sich ergehen lassen, bis er endlich durch ein spitzgiebliges Stadttor mit hundert kleinen Türmchen, die den Tauben vorbehalten schienen, nach Brüssel gelangte.

Während die Passagiere und deren Gepäck von den Stadtwachen abgefertigt wurden, geriet ein Taubenpärchen in sein Blickfeld, das auf einem der Giebel hin und her lief und die Hälse aneinander rieb. Wie der Taubenhahn sich stolz emporreckte und das Weibchen sich gurrend unter ihn duckte: ein Schauspiel, so offen und derb, dass es Volumier ekelte. Und doch musste er hinschauen. Ihm wurde erst wohler, als die Kutsche abgefertigt war und die Fahrt fortgesetzt wurde.

Das Zentrum Brabants, dessen Fassaden an ihm vorüberzogen, war eine Handelsstadt mit reichen Kirchen und einem zahlungskräftigen, kunstinteressierten Publikum. Als Hauptstadt der Spanischen Niederlande, einer wichtigen Provinz des Habsburgerreiches, pflegte man zwar die zurückhaltende Hofkultur der Landesherren, wusste aber dennoch zu repräsentieren. In den besseren Kreisen sprach man Französisch. Flämisch war die Sprache des Volkes.

Das Französische war, vor allem auf musikalischem Gebiet, hoch angesehen, und Marchands Ruf, obwohl die Stadt außerhalb des Herrschaftsgebiets Ludwigs XIV. lag, bis dorthin gelangt. Und es gab noch einen weiteren wichtigen Grund für seine Wahl der Stadt als Exil: Brüssel stand unter dem persönlichen Schutz des Habsburgerkaisers. Es war der nächste Weg, wollte man sich dem Einfluss des französischen Königs entziehen.

Volumier bezog Quartier in der Nähe des Grand Place, und als er zum ersten Mal wieder das heimische Idiom hörte, ging ihm das Herz auf. So viele Jahrzehnte hatte er fern der Heimat zugebracht, dass er den spitzzüngigen Klang nur noch als fernes Echo mehr im Herzen denn im Ohr hatte. Aber kaum vernahm er die ersten Worte, fiel er selbst in diese Sprache zurück, die doch um so vieles grobschlächtiger klang als das Hoffranzösisch, das er sich angeeignet hatte.

Als ihm die Wirtin ein munteres «Goedendaach!» entgegenwarf, sprudelte eine Wortkaskade aus ihm heraus. Alle unterdrückte Sehnsucht kam zum Vorschein. Nicht was er redete, war wesentlich, sondern dass er redete. Die Zimmerwirtin ließ sich das belanglose Geplauder eine Zeitlang gefallen. Immerhin hatte sie mit einer wichtigen Information aufzuwarten, denn auch das einfache Volk hatte seine Kanäle: Louis Marchand war tatsächlich in der Stadt.

Für den Tag war Volumier damit zufrieden. Die Reise auf Wunsch seines Fürsten war – aller Voraussicht nach – nicht vergeblich gemacht.

Freilich setzte er keinen großen Ehrgeiz daran, Marchand zu treffen. Gewiss, er hatte den Auftrag im Sinne des Herrschers auszuführen. Aber wenn die Umstände ihn partout daran hindern sollten, wenn Marchand sich als widerspenstig erwies oder die äußeren Bedingungen einer Einigung entgegenstanden, dann konnte er es auch nicht ändern. Dann würde er wenigstens mit einer guten Ausrede nach Sachsen zurückkehren. Doch die Wirtin, die den Landsmann mit gutem Gewissen in seiner Suche unterstützen wollte, half ihm, ohne ihm damit einen Gefallen zu tun.

«Der Mann, den Sie suchen, ist im Gasthof Zur Schwalbe eingekehrt. Aber geben Sie acht, die Gassen sind nicht gut beleumundet.»

Volumier hatte nichts anderes erwartet. Die Wirtin fühlte sich bemüßigt fortzufahren: «Ich ahnte ja nicht, dass ein vornehmer Mann wie Sie solch eine weite Reise unternimmt, bloß um diesen Marchand spielen zu hören.»

«Nun ja», sagte Volumier abwiegelnd, «er beherrscht die Orgel recht ordentlich.»

«Und aus welchem Grund will er hier Konzerte geben?»

«Er will nicht. Er muss. Der Mann steckt in der tiefsten Bredouille: Schulden bis über beide Ohren. Und er ist ein fürchterlicher Hansdampf!»

«Ein Künstler», schlussfolgerte die Wirtin und musterte ihn eindringlich.

Volumier nickte.

«Einer wie Sie, nicht wahr?»

Volumier stutzte. «Madame, ich bin Direktor der französischen Hofmusik des Königs von Polen – und nicht irgendein fahrender Musikant.»

Ihr Blick blieb an den blinden Messingknöpfen seiner Weste hängen, und Volumier ärgerte sich, dass er sie so lange nicht zum Polieren gegeben hatte.

«Sie haben gewiss nichts dagegen», sagte die Wirtin, «mir den Mietzins vorab zu entrichten?»

DIE SUCHE nach dem Musiker führte Volumier in eines der fragwürdigeren Quartiere der Stadt. Nur wenige Schritte jenseits des Großen Marktes ging es den langen, steil ansteigenden Hang hinauf, der Brüssel in eine Ober- und eine Unterstadt schied. Hier wurden die Tische schmutziger, der Tonfall derber und die Weiber zugänglicher.

Die leichten Mädchen von Brüssel verkehrten neuerdings nicht mehr ausschließlich in den Wein- und Bierspelunken. Seitdem die Schokolade zum Modegetränk avanciert war, gingen die Prostituierten gern in den «Chocolaterien» auf Kundenfang. In den Kneipen traf man nur Säufer und Gesindel. In den Schokoladencafés aber durfte man auf gesittetes Publikum hoffen.

Volumier fand den Franzosen mit einer jungen Dame im Arm und einer Tasse des modischen Getränks in der rechten Hand, die Linke hatte er um die Taille der Frau gelegt. Eine auffällige Erscheinung mit ihren rot geschminkten Lippen, wild aufgetürmten dunklen Haaren mit festen, filzigen Strähnen, die zweifellos die ihr von der Natur gegebene Tracht zu sein schienen. Volumier hingegen legte großen

Wert auf den korrekten Sitz seiner Perücke: mit Kräusellocken und einer dicken Schicht Mehl, um sie ganz weiß erscheinen zu lassen. Die Haarpracht trug er bis auf die Schultern. Das zwang ihn zu hellen Überröcken, denn jeder dunkle Stoff wäre rasch weiß gefärbt.

Marchands Begleiterin war zwar ordentlich gekleidet. Aber das Tuch aus feiner Spitze, das das Dekolleté nach Brüsseler Mode und den Regeln des Anstands zu bedecken hatte, fehlte, weshalb sie den Ehrentitel einer «Dame» sicherlich nicht beanspruchen konnte. Volumier versuchte, sie zu ignorieren, und richtete das Wort an Marchand.

«Es ist mir eine Ehre, Monsieur, den hochberühmten Tastenkünstler anzutreffen.» Volumier verbeugte sich, als befänden sie sich bei Hofe und nicht an einem Ort, wo braune, heiße Flüssigkeit zum Plaisir des Publikums ausgeschenkt wurde.

Der ehemalige Hofkomponist Ludwigs des Vierzehnten erwiderte die Begrüßung mit ironischer Verrenkung, sodass die junge Frau auflachte. Dann setzte er sich wieder auf die Bank, nahm einen Schluck aus der Tasse, die stark dampfte, und polterte los: «Und wer sind Sie, dass Sie ehrenwerte Leute behelligen?»

Volumier schluckte den Vorwurf hinunter und stellte sich in der Landessprache seines Gegenübers als Hofkapellmeister des Kurfürsten von Sachsen und Königs von Polen vor: *Son Célèbre Majesté August le Grand.*

Marchand hob die Augenbrauen: «Dann müssen Sie Jean-Baptiste Volumier sein.»

Es linderte Volumiers Groll kaum, dass Marchand seinen Namen kannte.

«Man hört, dass Sie die Geige ganz ordentlich beherrschen und ein feines Orchester lenken …», fuhr jener fort.

Volumier versteinerte innerlich. «Mein Herr, geben Sie nichts auf das Geschwätz der Leute. Ich hörte auch von Ihnen als von einem Ehrenmann sprechen.»

Marchand quittierte die giftige Bemerkung mit lautem Lachen, und Volumier verbeugte sich voller Hohn.

«Aber mein Freund», versuchte es der Franzose nun süßlich, «seien Sie nicht so steifleinen! Sie müssen doch akzeptieren, dass der Kapellmeister eines August Schlagmichtot nicht so viel zählt, wie der Kompositeur am Hofe Ludwigs des Vierzehnten.» Und als wisse er nichts von der Gegenwart seines Gegenübers, fuhr Marchand der Frau, die ihm an der Schulter klebte, mit der Hand zwischen die Brüste.

Volumier musste schlucken. «Kurfürst von Sachsen, König von Polen, mein Herr! Und an Ihrer Stelle würde ich es vermeiden, mich über meinen Herrscher zu mokieren, denn ...» Er stockte. Er war sich nicht sicher, ob er Augusts Befehl angesichts dieser Begleitumstände tatsächlich ausführen konnte.

«Seien Sie mein Gast», sagte Marchand da. «Immerhin teilen wir die gleichen Leidenschaften.»

«Das glaube ich kaum.» Volumier rümpfte die Nase.

«Ich rede von der Musik, Monsieur», fühlte Marchand sich bemüßigt zu betonen. Er wandte sich von seiner Begleiterin ab und Volumier zu.

Und plötzlich entdeckte der einen liebevollen Zug, eine zärtliche Hingebung an diese höchste aller Künste, einen Gleichklang der Empfindungen, der es ihm im Zweifelsfall doch ermöglichen konnte, sich mit dieser Kanaille gemeinzumachen. Volumier zog sich einen Schemel heran und nahm am Tisch Platz. «Genau darauf wollte ich zu sprechen kommen!»

In diesem Moment aber schien Marchand das Interesse schon wieder verloren zu haben. Stattdessen widmete er sich mit größter Sorgfalt dem Dekolleté seiner Begleiterin. Und erdreistete sich sogar – vor aller Augen! –, nicht nur den Zwischenraum auszutasten, sondern sogar explizit jene Körperteile, die den Zwischenraum formten. Waren dies dieselben Finger, die der Orgel die himmlischsten Töne entlockten?

Volumier kochte innerlich vor Wut. Und doch konnte er die Blicke nicht von Marchands wandernden Fingerkuppen wenden. Denn als er den Hofkompositeur so unverfroren in aller Öffentlichkeit ein Weib liebkosen sah, da hatte er dessen Begleiterin doch etwas zu sagen. Er beugte sich weit vor und sagte auf Flämisch: «Sie wissen hoffentlich, dass jener Herr Frau und Kinder auf einem Berg von Schulden hat sitzenlassen?»

«Was geht's mich an!», erwiderte die Frau in demselben Idiom und fügte hinzu: «Mischen Sie sich nicht in anderer Leute Affären!»

«Oh, ich fürchte, es sind durchaus meine Affären», bemerkte Volumier mit niedergeschlagenen Augen.

Und als er wieder aufsah, grinste Marchand ihn an: «Sie sind Flame!»

Volumiers Lippen zitterten. «Es war mir eine Ehre, Ihre Bekanntschaft zu machen.»

Er erhob sich, um zu gehen, doch Marchand hielt ihn am Arm zurück. «Sagen Sie mir eines: Weshalb suchten Sie mich auf? Doch sicherlich nicht, um mir eine Moralpredigt zu halten!»

Volumier sah ihm lange in die Augen, verzichtete aber auf eine Erwiderung. Dann wischte er mit einer Handbewegung alle Überlegungen beiseite und atmete tief durch. «Es geschah einzig aus dem Grund, weil ich von Ihrer Kunst gehört habe. Sie soll ganz außerordentlich sein.»

Als die Rede darauf kam, straffte sich Marchands Körper in eigentümlicher Weise. Die Schokoladenflecken auf dem Rock, die verrutschte Perücke, das von Schweiß und Ausdünstungen entstellte Gesicht – sein Anblick war nicht gerade vorteilhaft, und doch zeigte er plötzlich einen Ausdruck von Würde. «Mynheer Woulmeyer, wenn Sie wegen meiner Musik gekommen sind, davon haben Sie noch keinen Ton gehört. Und doch haben Sie Ihr Urteil bereits gefällt. Solch eine Haltung ist eines Kenners unwürdig!»

Volumier, der sich schon abgewandt hatte, hielt inne. Dann drehte er sich erneut zu dem Musiker. «Ihre Kompositionen kenne ich wohl. Habe mich sogar schon an einigen Abschriften, die an unseren Hof gelangten, versucht und zähle mich seitdem zu deren Bewunderern. Ich weiß aber nicht, ob mich Ihr Spiel noch interessiert.»

Marchand hob die Arme und ließ sie wieder sinken. «Daran kann ich wohl nichts ändern, Mynheer.»

Volumier wandte sich endgültig zum Gehen. Doch Marchands Worte hatten ihn nachdenklich gestimmt. Und als er schon bei der Tür war, fing ihn die Kanaille doch noch ein. «Zur Vesper in der St.-Michael-und-St.-Gudula-Kirche. Oder, wie Ihr sagen würdet …» Marchand stutzte, da er es nicht wusste, und seine Begleiterin sprang ihm bei: «Sint-Michiels en Sint-Goedelekathedraal.»

Marchand wiederholte den flämischen Namen in gröbster Entstellung und wollte sich ausschütten vor Lachen. Volumier versteinerte. Die Kirche war ihm seit Kindesbeinen vertraut, sein Elternhaus stand in Hörweite des Geläuts. Er wandte sich ab.

«Mynheer», rief ihm Marchand hinterdrein. «Zögern Sie

nicht allzu lang! Es könnte sein, dass Sie sonst unter der Empore stehen müssen. Dann können Sie mich gar nicht sehen. Aber keine Angst, hören werden Sie mich.»

Und begleitet vom Hohnlachen des Musikers verließ Volumier den Ort.

DER GROLL gegen den Franzosen hielt Volumier lange gefangen. Dass dieser Mensch ihn in eines der schäbigsten Viertel Brüssels locken konnte! Ihn gezwungen hatte, diese Frau mit ihrem geschminkten Mund anzuschauen und ihrer beider schamloses Turteln! Dass er ihn genötigt hatte, Weibsbildern zu begegnen – sie verdienten keinen anderen Namen! –, die auf ihn zutorkelten, sich an ihn klammerten und nicht schämten, seine Geldkatze zu betasten, um zu ermitteln, ob er zahlungskräftig sei. Die ihre Hände mit solch unverfrorener Leichtigkeit unter seinen Rock schlüpfen ließen, dass es ihm den Atem raubte. So war es ihm nach seinem Abschied aus der Chocolaterie auf dem Rückweg in seine Herberge ergangen, und es widerte ihn noch aus der Erinnerung heraus an. Dies alles ließ seine Wut wachsen und seinen Entschluss reifen, Marchand niemals seinem Herrscher vorzuführen.

Doch dann, am nächsten Morgen, nachdem er eine quälende Nacht bei offenen Augen und intensiver Selbstbefragung verbracht hatte, befreite er sich von den leidenschaftlichen Gefühlen. Schließlich hatte er den Auftrag seines Königs zu erfüllen.

Und während er sich mit kaltem Wasser rasierte, überlegte Volumier, ob Marchand überhaupt jemals in Augusts

Augen bestehen konnte. Er kannte seinen Herrscher gut genug, um dessen Urteil abschätzen zu können. August war, wie Marchand, getrieben von Leidenschaften. Die direkte, unmittelbare Art, sich mit Frauen zu umgeben, darin waren er und Marchand sich vollkommen ähnlich. Doch August würde Marchand nicht als Menschen bewerten, sondern als Musiker. Allein an den musikalischen Leistungen würde man ihn in Dresden messen. Denn wohin kam man, wenn man zuvörderst die menschlichen Qualitäten eines Künstlers beurteilte?

Also beschloss Volumier, nicht seinem ersten Impuls zu folgen und abzureisen, sondern Marchands Spiel anzuhören.

DAS ÄUSSERE der St.-Michael-und-St.-Gudula-Kathedrale erinnerte Volumier an Notre Dame de Paris. Dort hatte er seine Ausbildung genossen – und versucht, seinen flämischen Akzent loszuwerden. Vergeblich, wie ihm in diesen Tagen mehr denn je bewusst wurde.

Als er das mächtige Kirchenschiff betrat, war bereits eine große Menschenmenge versammelt. Der musikalische Ruf des Tastenvirtuosen schien von seinem Lebenswandel in keiner Weise beschädigt. Vielleicht war sogar der Ruch des Skandals, mit dem er sich umgab, seiner Attraktivität in den Augen des Publikums förderlich.

Volumier schob sein Hadern beiseite und konzentrierte sich auf die Würde des Bauwerks. Die Verspieltheit der äußeren, gotischen Form kontrastierte auf angenehme Weise der Strenge im Inneren. Der Bildersturm hatte allen Firlefanz aus der immer noch katholischen Kirche gefegt und die

Konzentration der Menschen auf das gerichtet, was auch für Volumier der wichtigste Inhalt des Glaubens war: die Hinwendung zum Göttlichen. Und die Musik, das war für Volumier eine ewige Wahrheit, wies den Weg zum Schöpfer.

Wie konnte ein so lasterhafter Mensch wie Marchand an diesem Ort Gott lobpreisen? Da er doch jeden Tag gegen dessen Gebote verstieß? In einer Kirche, die der heiligen Gudula geweiht war, welche sich in einem Seitengelass der Kirche hatte einmauern lassen, um ihr irdisches Leben allein dem Schauen auf Gott und dem Beten zu widmen?

Die Klause der Heiligen hatte Volumier bereits als kleiner Junge besichtigt. An der Westseite der Kirche war ein kleeblattförmiges Maßwerk, ein Durchbruch von der Größe eines Kinderkopfes, zu erkennen. Dahinter hatte die Heilige gelebt. Von außen war sie, durch ein zweites Fenster, von der Gnade der Vorüberströmenden am Leben erhalten worden. Sie war vollkommen abhängig von dem, was man ihr reichte. Gab man nichts, verhungerte sie. Hatte sie nicht auch wie ein Künstler gelebt, abhängig von den Almosen derer, die geben konnten?

Dies alles ging Volumier durch den Kopf und nahm seine Gedanken gefangen. Spät erst drang das aufbrandende Raunen, mit dem Marchand empfangen wurde, bis in sein Bewusstsein vor. Die Menschen erhoben sich, als der Orgelspieler durch das Hauptschiff Einzug hielt. Vereinzelt hörte man Hochrufe, obwohl der Musiker noch keinen Ton gespielt hatte. Und doch war der Mann schamlos genug, neben den Pfarrer vor den Altar zu treten und den Jubel der Menge entgegenzunehmen. Minutenlang empfing er mit ausgebreiteten Armen Gunstbeweise – unter dem Ebenbild des Gekreuzigten! Und am Glanz in den Gesichtern des Publikums, an der Begeisterung, mit der sich die Hälse reckten, nur um den Musiker anzuschauen, erkannte Volumier, dass die Menschen ihn wirklich verehrten.

Er fragte sich, was genau sie hier bewunderten. Das Talent, ein so komplexes Instrument zu beherrschen? Die Musik, die Marchand ihm entlockte? Oder waren es vielmehr die Gerüchte, die man weitererzählen konnte?

Er ließ seinen Blick über die Menge schweifen und entdeckte die junge Flämin, die er am Vortag auf Marchands Schoß angetroffen hatte. Der Pietät des Ortes folgend war sie nun zurückhaltend geschminkt. Über den Kopf trug sie ein Tuch und machte einen züchtigen Eindruck.

Als die junge Dame ihm einen zarten Augenaufschlag schenkte, nickte Volumier zurück. Seine Miene brachte zum Ausdruck, dass er ihren Aufzug und ihr Verhalten an diesem Ort billigte.

Ohne Vorwarnung platzten die ersten Orgeltöne in den Blickwechsel und beanspruchten Volumiers ganze Aufmerksamkeit. Er sammelte sich, um so genau wie möglich zu lauschen. Die Rhythmen und Harmonien erreichten sein Herz und ließen es flimmern. Marchand begann mit einem feierlichen *Plein jeu*, das in größter Reinheit erstrahlte. Volumier erkannte sofort den fließenden, noblen Gestus der Pariser Tastenkunst. Wie lange hatte er das nicht gehört? Im fernen Dresden pflegte man diese Art des Spieles nicht. Es gab nicht einmal die passende Orgel dafür. Doch sein geschultes Ohr vernahm sofort etwas, das durch die Töne hindurchschimmerte und jeder einzelnen Note Glanz aufsetzte: Marchands Leidenschaft. In der Musik hatte sie ihre edelste Form gefunden. So zeigte gerade das, was Marchand als Menschen in Volumiers Augen unmöglich machte, die Höhe seiner Kunst.

So durchschaubar seine Musik auf dem Papier aussehen mochte, so lebendig wurde sie im Spiel. Indem Volumier die Finger imaginierte, die über die Tasten der Orgel liefen, beschwor er die tastenden Glieder auf der Haut von Marchands Begleiterin herauf. Das eine konnte er nicht ohne das andere denken. Doch Marchand gelang es – und das nötigte Volumier Bewunderung ab –, seine im Leben ziellos vagabundierenden Leidenschaften am Instrument derart zu zügeln und zu bündeln, dass sie der Musik größtmöglichen Ausdruck verliehen. Die Strenge und Klarheit der Melodik, die Verspieltheit in den Verzierungen, sie waren das exakte Spiegelbild von Marchands Charakter.

Volumier schob alle Befürchtungen, die eigene Person und seinen Rang betreffend, beiseite und beschloss, dass dieser Künstler es verdient hatte, von August dem Starken angehört zu werden.

AUF DEM erhöhten Vorplatz der Kathedrale, von wo aus man einen weiten Blick über die innere Stadt werfen konnte, trat nach der Messe Marchands Begleiterin an Volumier heran.

Als er ihr den Handkuss verweigerte, lächelte die junge Frau bitter. «Ich versäumte es wohl, mich vorzustellen. Und mein Begleiter war nicht Manns genug, es zu tun.»

«Mademoiselle, ich bitte Sie, wenn man uns hier zusammen sieht!»

«Madame. Und wer sollte schon Anstoß nehmen: ein Hofkapellmeister mit einer Sängerin im angeregten Gespräch?»

«Sängerin?»

Die Frau versuchte es erneut mit der ausgestreckten Hand. Und diesmal drückte Volumier einen vorsichtigen Kuss auf den Spitzenhandschuh.

«Dominique van Schouten, Monsieur le Directeur.»

Volumier schnappte nach Luft. «Madame … van … Sängerin …», wiederholte er und entblößte dabei auf peinliche Weise seine Gedankengänge.

«Sie hielten mich für eine Dirne, ich weiß. Nur weil ich mit Monsieur Marchand», sie zögerte und suchte nach Worten, «in sehr direkter Manier verkehre.»

Volumier hüstelte. Die Gewähltheit ihrer Worte überraschte ihn. Und er musste sich eingestehen, dass ihm die Unterhaltung in flämischer Sprache wohl tat.

«Nun, es ist verzeihlich. Die Umstände unserer Begegnung mögen Sie auf diesen absurden Gedanken gebracht haben.»

«Madame, Sie müssen zugeben, dass Ihr Verhalten nicht gerade den Erwartungen entsprach, die man Damen von Ruf und Ehre entgegenbringt.»

«Ich bitte um Nachsicht. Wir hatten Schokolade getrunken!» Die Frau senkte den Kopf. Und Volumier war in seiner Meinung bestärkt, dass man um dieses Getränk besser einen Bogen machte.

«Ich hoffe», sagte der Hofkapellmeister, «Sie verzeihen den Irrtum.»

Mit einer Geste deutete Madame van Schouten an, dass sie gewillt war, die Angelegenheit ruhen zu lassen.

«Erweisen Sie mir die Ehre, mit mir gemeinsam auf Monsieur Marchand zu warten? Ich möchte ihn nach Dresden einladen …»

«Nach Dresden!», rief Madame van Schouten erfreut aus.

«Man hört, dass es dort einen ausgesprochen kunstsinnigen Hof gibt.»

Volumier lächelte geschmeichelt. «In der Tat, Madame, dieses Gerücht entspricht der Wahrheit. Begleiten Sie also mein Warten?»

Madame van Schouten senkte den Kopf. «Verzeihen Sie bitte, aber Mynheer van Schouten erwartet mich.»

Ein Hustenanfall durchschüttelte Volumier. Als er wieder zur Sprache kam, zögerte er nicht, den Grund des Anfalls zu nennen: «Stört es Ihren Ehemann nicht, dass Sie – wie soll ich sagen? – ein so enges Verhältnis zu Monsieur Marchand pflegen?»

«Nicht im Geringsten», versicherte Madame van Schouten. «Des Abends hat er gern seine Ruhe.»

«Verstehe, Madame.»

Mit einem ermunternden Gesichtsausdruck, der noch lange in Volumiers Herzen nachklang, verabschiedete sie sich und verschwand über den weiten Vorplatz hinweg ins Gewirr der Brüsseler Gassen.

VOLUMIER HARRTE auf dem Vorplatz aus, starrte lange genug auf das mächtige Bauwerk, um zu beobachten, wie eine Kerze nach der anderen erlosch, ein Fenster nach dem anderen sich verdunkelte, bis Marchand endlich und wider Erwarten allein aus dem Eingang trat. Die dunkle Silhouette war gegen den grauen Schemen der Kathedrale kaum auszumachen. Doch als Volumier die fließenden Bewegungen wahrnahm, war er sich sicher: Es musste der Organist sein. Er ging gebeugt, in erschöpfter

Haltung, hatte er doch eine gewaltige Probe seiner Kunst gegeben.

Marchand blieb stehen, als er den Wartenden im Dunkel bemerkte. «Wer da?», fragte er unsicher, und ein triumphierendes Lächeln schlich sich auf Volumiers Lippen, als er die Furcht in der Stimme des Franzosen hörte. Marchands Gottvertrauen erstreckte sich offenbar nicht auf allzu Irdisches.

«Mynheer Woulmeyer», nutzte Volumier die Chance, seinen flämischen Stolz wieder ins Recht zu setzen, «wenn es Monsieur beliebt.»

«Warum harren Sie hier aus wie ein Dieb?», fragte Marchand bissig.

Misstrauisch standen die Männer Auge in Auge. Der Wind trieb die Wolken im Mondlicht vor sich her wie der Hütehund die Schafe. Immer nur kurz konnten die Musiker einander ausmachen, bevor ihre Gesichter wieder im Dunkel versanken. So blieb auch die Mimik des Gegenübers zerrissen.

«Monsieur Marchand», begann Volumier mit einem Seufzen. «Ich kann nicht verhehlen, dass ich beeindruckt bin …»

«Tatsächlich?»

«… und darüber hinaus befugt, Sie zu einem Vorspiel an den Dresdner Hof zu laden.»

Marchand schwieg. Dann sagte er, und Volumier vernahm vor allem Unsicherheit in seiner Stimme: «Was soll ich dort?»

«Vor Seiner Königlichen Hoheit und Kurfürstlichen Durchlaucht eine Probe Ihrer Kunst geben.»

«Ich bin nicht interessiert an dieser Gelegenheit.»

Volumier begriff, dass es besonderer Mittel bedurfte, diesen trotz seiner Virtuosität offenbar kleingeistigen Charakter zu einem überraschenden Schritt zu bewegen. Er zückte eine Geldkatze, die er speziell für diesen Zweck befüllt hatte. «In diesem Beutel finden Sie eine Summe, die für die Reise nach Dresden ausreichen dürfte. Wenn Sie dort eintreffen und das Konzert absolviert haben, erhalten Sie noch einmal das Gleiche. Mein König und Kurfürst würde sich glücklich schätzen, Sie in seiner Residenz empfangen zu dürfen.»

Volumier ließ die Geldkatze über Marchands geöffneter Hand schweben. Die verharrte erwartungsvoll in der Luft. «Wenn Sie das Geld annehmen, Monsieur», beschwor Volumier den Franzosen, «gilt der Handel als gemacht, und ich erwarte Sie binnen vier Wochen an der Elbe.»

Er vermeinte, Marchand lächeln zu sehen. Für einen Moment schüttete der Mond sein volles Licht aus, und allein der Widerschein gab Marchands Ausdruck etwas Verschlagenes. In diesem Moment ließ Volumier den Beutel in dessen Hand fallen.

«Wir werden sehen, Monsieur!»

Im gleichen Moment schossen Volumier die Vorwürfe, die gegen sein Gegenüber erhoben wurden, ins Bewusstsein: Untreue, Hinterziehung, Flucht aus dem Schuldendienst. Volumiers Hand zuckte unwillkürlich zurück, doch der Beutel war bereits gefallen, und er schalt sich innerlich einen Dummkopf. Als Katholik konnte Marchand jede Schuld, und war sie noch so schwer, im Gespräch mit dem Beichtvater wieder loswerden. Allein die Formel «Ego te absolvo» machte jede Missetat wie ungeschehen. Einen Protestanten wie Volumier, dessen Beichte den Zweck der Selbstreflexion erfüllte, musste dieser Freibrief zum Lotterleben einfach misstrauisch machen …

Kaum hatte das Geld seinen Besitzer gewechselt, suchte Marchand das Weite. Dies Verhalten war wenig geeignet,

Volumiers Misstrauen zu zerstreuen. Obschon er es fürchtete wie die Pest, wünschte er sich plötzlich nichts sehnlicher, als diesen unvergleichlichen Künstler vor August und dem sächsischen Hofe spielen zu sehen.

DER ZUFALL ist ein verlässlicher Gehilfe des Teufels. Die Extrapost, die Volumier am nächsten Tag bestieg, war voller Marchand-Enthusiasten. Zwei der Fahrgäste, ein Kaufmann aus Gent, dessen viel zu knappe Perücke seine Kahlheit nur unzureichend verbarg, und ein Magister Artium der Universität Leuwen mit grauer Mähne, ohne Perücke und ohne Zopf, wie es der Tradition der Freidenker an jener Fakultät entsprach, hatten Marchands Spiel am Vorabend gehört und waren in ein hitziges Gespräch verwickelt.

Dass man Ohrenzeuge einer Sensation geworden war, war eine ausgemachte Sache. Gleichwohl stritt man sich über die Länge des Vortrags. Natürlich hatte Marchand die Geduld seiner Zuschauer überreizt und am Ende länger als erträglich improvisiert …

Volumier selbst hätte noch Stunden ausharren und zuhören können, der Genuss übertönte den Schmerz seiner Glieder, doch das gemeine Volk hatte gerade angefangen, zu tuscheln und mit den Füßen zu scharren, am Ende war es von dannen geschlichen. Da endlich, so der Kaufmann, habe Marchand bemerkt, was vor sich ging, und seine Improvisation beendet.

Volumier hielt seine Meinung zurück. Lange unterdrückte er den Impuls, sich einzumischen.

«Louis Marchand ist der größte lebende Organist und

Komponist. In Europa gibt es keinen zweiten seiner Klasse!», tönte der Kaufmann, und Volumier musste ihm innerlich recht geben.

Der Magister hieb in die gleiche Kerbe: «Seine Finger sind so geschmeidig! Er versteht es, dem Instrument eine Sinnlichkeit zu entlocken, die an Zauberei grenzt. Und zugleich», fuhr der Leuwener Gelehrte fort, «diese Präzision. Nicht ein falsch angeschlagener Ton, nicht einer!»

Dem musste Volumier still zustimmen.

«Man muss in der Musikgeschichte weit zurückgehen, um einen gleichermaßen begnadeten Künstler zu finden», sagte der Kaufmann, und der Magister nickte. «Und es wird lange keinen zweiten geben», beeilte er sich, noch etwas hinzuzufügen.

Da meldete sich einer zu Wort, der bislang geschwiegen hatte. Fast hätte Volumier ihn übersehen, so klein machte er sich in seiner Ecke. Akzent und Kleidung wiesen ihn als Deutschen aus. An der Mundart erkannte Volumier einen Untertan Augusts des Starken. Und schon im nächsten Moment erlangte er Klarheit in diesem Punkt.

«Verzeihen Sie, werte Messieurs», sagte der Mann in stark gefärbtem Französisch, «womöglich ist sein Name nicht bis zu Ihnen vorgedrungen, doch in meiner Heimat gibt es einen, der die Tasten ebenso genial zu bedienen weiß und der auch schon außerordentliche Kompositionen vorgelegt hat. Ich habe ihn spielen hören, in Weimar, wo er im Range eines Hofkapellmeisters dient. Er improvisiert mindestens so virtuos, als wir es gestern hören durften.»

«Mein Herr», versetzte der Genter Kaufmann, «Sie wissen doch, dass keine Tastenkunst sich so groß nennen darf als die französische. Wie sollte ausgerechnet in – wie hieß der Ort doch gleich?»

«Weimar.»

«... ausgerechnet an solch einem Ort ein Tastenkünstler von Weltrang beheimatet sein?»

«Der Mann stammt aus einer namhaften Musikerfamilie. Schon sein Vater und dessen Bruder haben artige Kompositionen angefertigt und gleichermaßen bei Hofe gedient.»

«Nennen Sie mir seinen Namen», forderte Volumier nun, der der Unterhaltung in höchster Anspannung gefolgt war.

«Sein Name ist Bach. Er stammt aus der Arnstädter Stadtpfeifersippe. Sie kennen ihn nicht, da er noch jung ist. Doch dort, wo ich herkomme, ist er bereits eine Berühmtheit. Und bald wird er es in der gesamten Musik liebenden Welt sein.»

Volumier hatte von einem begnadeten Mitglied dieser Familie gehört und auch von der Berufung eines Bach-Sohnes nach Weimar. Allein von dessen herausragender Virtuosität hörte Volumier zum ersten Mal.

Der Magister maß ihn von oben bis unten. «Wer sind Sie überhaupt, dass Sie sich in ein Gespräch unter Kunstkennern einmischen?»

Volumier verzichtete darauf, sich zu erheben, da die Kutsche gerade über holpriges Gelände ging. Stattdessen deutete er auf dem Sitz eine kleine Verbeugung an. «Gestatten: Jan-Baptist Woulmeyer, kurfürstlich-sächsischer und königlich-polnischer Hofkapellmeister. Ich war zugegen beim gestrigen Vorspiel und glaube, mit einigem Recht die Leistungen des Musikers Marchand beurteilen zu können.»

«So werden Sie gewiss Herrn Bach kennen, wenn Sie dem kursächsischen Hof angehören», stellte der Leuwener Gelehrte fest.

Volumier stimmte zu.

«Haben Sie ihn schon spielen gehört?», fragte der Kaufmann.

«Nein», gestand Volumier.

«Na, was kann das für eine Berühmtheit sein, wenn ihn noch nicht einmal ein Musikexperte aus der Nachbarschaft kennt?»

«Von seinem Talent habe ich wohl gehört», stellte Volumier richtig.

«Ein Gerücht!», sagte der Kaufmann. «Nein, es kann keinen Zweifel geben, Marchand ist der Größte!»

Der Deutsche zuckte mit den Schultern und zog sich wieder in seine Ecke zurück.

Doch Volumiers Streitlust war geweckt. «Womöglich liegt das daran, dass alle Welt nach Paris starrt. Nur was von dort kommt, ist angeblich bedeutend.»

«Paris ist die Hauptstadt der Welt», bemerkte der Kaufmann da, «und der Sonnenkönig war ihr mächtigster Herrscher. Wie sollte etwas, das bedeutend ist, von Ludwig übersehen worden sein?»

«Ludwig schaute nur auf sich selbst. Sein Schloss ist ein einziges Spiegelkabinett.»

«Aber er hatte Minister, die ihm die Welt zu Füßen legen. Und den Herrn Marchand, den kannte der große Ludwig. Von einem Herrn Bach hingegen hat er nie etwas gehört.»

Die Mitreisenden schwiegen, und Volumier versank ebenfalls in Schweigen. Alles schien gesagt. Und plötzlich wusste der Hofkapellmeister, was er als Nächstes tun musste.

Da Volumier in Dresden von niemandem erwartet wurde, war es ein Leichtes, seine Pläne zu ändern. Was waren ein Tag, eine Woche im Verhältnis zur Ewigkeit? So stieg er, nach einer weiteren Nacht in einem einfachen Gasthof, in Leipzig nicht in die Post nach Dresden, sondern fuhr zurück nach Weimar. Und erreichte, da er seinen Rock und seine Wäsche über eine Woche lang nicht hatte waschen lassen können, reichlich zerlumpt den dortigen Hof.

Der Hofkapellmeister traf den jungen Organisten in der Himmelsburg an, der Residenz des Fürsten Wilhelm Ernst. Er fand ihn bei einer Beschäftigung, die den wichtigsten Teil seines Dienstes ausmachte: den Proben mit der Hofkapelle. Hierzu bediente sich der junge Bach, wie alle Konzertmeister, einer Violine. Mit geübtem Auge erkannte Volumier sofort, dass das Bach'sche Instrument einfacher als seine eigene Stradivari war, aber dennoch edel und tauglich zur Führung einer Kapelle. Geprobt wurde, das entnahm er dem feierlichen Duktus, eine Musik für den sonntäglichen Gottesdienst. Und während er Zeuge wurde, wie sich die Musiker durch die komplizierten Melodieläufe kämpften, wie sie Note für Note bezwangen und Bach beinahe jeden Takt unterbrechen und wiederholen lassen musste, wie nichts ins Fließen kommen wollte; wie er beinahe jedem Mitglied seiner Kapelle den Einsatz angeben, manchem sogar, indem er sich neben ihn stellte und mit dem Fuß aufschlug, den Takt verstetigen musste: Da begann er, am Wahrheitsgehalt der Genialität des Tonkünstlers zu zweifeln.

Bachs Spiel war nicht so klangversessen wie das des Franzosen; es wirkte erdiger, wie Volumier es schon von seinen anderen deutschen Kollegen kannte. Bach stand vollkommen still, alle Konzentration war auf die Musik und seine Kapelle gerichtet. Nur hin und wieder begann er, im Takt zu pendeln, und nur hin und wieder erlaubte der Fortgang der Proben, dass er die Musik in ein freies Fließen entlassen konnte.

Und doch bemerkte Volumier schnell etwas Wesentliches, das Bachs außerordentliches Talent bewies: Jederzeit besaß er die vollkommene Übersicht über die komplexen Stimmführungen seines Werkes, behielt, obwohl er selbst eine zu spielen hatte, jede andere Stimme unter Kontrolle und hielt so das Spiel des Ensembles zusammen, als wäre die vielköpfige Schar nur ein einziges Instrument. Bach wollte diesem Instrument das bestmögliche Ergebnis entlocken; er liebte, das begriff Volumier sofort, die Perfektion.

Während Marchand sich im Genuss der äußeren Wirkung seiner Musik auslebte, ließ Bach sie aus sich selbst heraus wirken. Seine Anweisungen dienten allein dazu, jede Note, jede Stimme und jedes Instrument als unverzichtbaren Teil dem Ganzen dienen zu lassen. Bach war, und das erfasste Volumier sofort, da er genauso dachte, auf innere Vollkommenheit bedacht. Nur dann konnte es gelingen, die Instrumente und Akteure ganz hinter dem Antlitz der Musik verschwinden zu lassen. Traf einer seiner Musiker – und es waren beileibe nicht alle von der ersten Garnitur – den rechten Tonfall nicht, verzog Bach die Miene, als habe er auf Saures gebissen. Eilte einer voraus oder schleppte hinterher, zischte er ihn zur Raison. Die Mitglieder der Kapelle, das war deutlich zu spüren, respektierten ihren Meister, denn er wusste, was er wollte. Er ruhte nicht eher, als bis er die Idealform dessen, was in der Partitur notiert war, zu hören bekam. Die Musiker, so dachte Volumier, mussten diesen Willen und dies tiefe Verständnis für ihr Metier einfach bewundern.

Auf der anderen Seite hassten sie ihn ganz sicher für seine Akribie und die daraus folgende Grantigkeit. Stunden der Unzufriedenheit waren zu durchleiden, bis sie endlich durch ein zufriedenstellendes Ergebnis in Harmonie aufgelöst wurden.

Nach Beendigung der Proben kam Bach auf Volumier zu. Der hatte auf dem hintersten Gestühl der Schlosskapelle ausgeharrt und nicht im Traum gedacht, dass Bach ihn bemerkt haben könnte. Und doch lief der energiegeladene, mindestens um zehn Jahre jüngere Mann geradewegs zu ihm und breitete die Arme aus. Volumier versteifte sich gerade noch rechtzeitig, sodass Bach die Umarmung unterließ. Die Herzlichkeit verblüffte ihn, erinnerte sich Volumier doch nicht, Bach persönlich begegnet zu sein.

Umgekehrt schien ihn der Weimarer Hoforganist sehr wohl zu kennen: «Verehrter Maître Volumier, welche Pflicht führt Sie nach Weimar?»

«Nicht die Pflicht, verehrter Bach, sondern allein Ihr Ruf.»

Bach runzelte die Stirn. «Ein Mann, der derart eng mit den musikalischen Geschäften des Kurfürsten von Sachsen verbunden ist, unternimmt Reisen zum Vergnügen?»

Volumier musste lächeln. «Nicht ganz zum Vergnügen, verehrter Herr Bach, da haben Sie recht. Ich bin tatsächlich auch in musikalischen Angelegenheiten hier ...»

«Und die führen Sie zu mir? Warum? Gibt es ein Interesse des Kurfürsten an meiner Wenigkeit?»

Volumier stutzte. Er hatte bislang keinen Anlass gehabt, in Frage zu stellen, dass Bach zufrieden mit seiner Stellung des Cammer-Musicus und Hoforganisten in Weimar war. «In der Tat ist es genau dies, worüber ich mit Ihnen reden wollte ...», sagte er, seine Worte abwägend.

Bach hob die Augenbrauen und sagte: «Darf ich Sie in mein Haus einladen und bitten, mit uns zu Abend zu speisen?»

VOLUMIER WAR es nicht gewohnt, sich in der Privatsphäre anderer zu bewegen. Umgekehrt schätzte er es genauso wenig, Besuch zu empfangen. Sein Haushalt blieb – auch in Ermangelung einer Dame – ohne die üblichen Ereignisse der Gastlichkeit, die sonst für die Dresdner Hofgesellschaft so typisch waren.

Der Bach'sche Haushalt war sehr privat und hatte sehr viel Sphäre. Die Kinder waren noch klein. Volumier hatte den Eindruck, an jeder Brust der Ehefrau hingen zwei.

Sein Blick – auf der Flucht vor der stillenden Brust der Bachin – fiel auf eine weitere Dame, die er auf den ersten Blick als Zugehfrau oder Amme eingeordnet hätte, bis Bach sie ihm als Mitglied der Familie vorstellte: Friedelena, die ältere Schwester seiner Frau, die dem Haushalt ebenfalls angehörte und die Kinder beaufsichtigen half. Sie trug das lange Haar mit Bändern durchflochten und zum Kranz gelegt. Unter der Haube schien sie noch nicht zu sein.

Länger als beabsichtigt sah Volumier sie an. Friedelenas Erscheinung war gefällig. Einige braune Strähnen hatten sich gelöst und fielen ihr in die anmutige, hohe Stirn.

Bach ließ eine Tafel herrichten. Unter Volumiers Blicken füllte sie sich mit Köstlichkeiten. Während Bachs Ehefrau stets zwei Kinder auf der Hüfte trug und darüber hinaus nur wenig hilfreich sein konnte, eilte Friedelena zwischen

Küche und Stube hin und her, schien sowohl die Speisen zuzubereiten als auch das Auftragen zu besorgen. Bachs Schwägerin war allgegenwärtig und so in ihrer Arbeit gefangen, dass sie Volumier mehrmals beinahe umgelaufen hätte. Volumier musste ihr ausweichen und fühlte sich im Weg.

«Sind Sie unverheiratet, Monsieur?», fragte Bach ihn da.

Volumier bekannte sich stockend zu dem Umstand, dass ein Mann jenseits der vierzig allein lebte – nur mit einer Hausmagd.

«Einem Höfling von Ihrem Stand und Ansehen wird es doch ein Leichtes sein, eine Frau an seine Seite zu ziehen …»

«Ich habe niemals danach getrachtet», sagte Volumier mit belegter Stimme.

Bach nickte. «Dann benötigen Sie womöglich niemanden.» Er kam ihm sehr nahe und sah ihm in die Augen. «Ich halte es nicht für ausgeschlossen, dass es solche Menschen gibt.»

Volumier schwieg. In diesem Punkt war er sich selbst unsicher.

«Während sich meine Schwägerin um unser Mahl kümmert, möchte ich Ihnen etwas zeigen …»

«Eine Komposition?»

Bach schüttelte den Kopf. Ein Kinderlächeln schlich sich auf sein rundliches Gesicht mit den dunklen Brauen, die ganz eigenartig mit der Perücke kontrastierten. «Ganz und gar nicht.» Der Musiker schüttete sich schon in der Vorfreude aus vor Lachen. «Ich würde eher sagen: ein Spielzeug!» Mit einem verschworenen Winken, das sein Lächeln auf natürliche Weise fortsetzte, forderte er Volumier auf, ihm zu folgen.

Er führte den Gast in sein Musikzimmer. Dort standen eine Handvoll Cembali und Clavichorde umher, Geigenkästen und Violinen, dazu eine Laute. Überall lagen Noten herum, zum Teil in gedruckter Form. Größtenteils aber waren es mit Tinte eingetragene Handschriften. Volumier wollte eine davon aufheben, doch Bach zog ihn weiter. Zog ihn bis in eine Ecke des Raumes an einen Schrank, in dem ein Holzkästlein lag. Mit spitzen Fingern öffnete er es und schälte eine Musikkapelle *en miniature* heraus. Die zierlichen Figuren waren aus dünnem Metall gefertigt, Zinnblech womöglich. Auf einem fausthohen hölzernen Podest standen oder hockten drei bemalte Figuren mit ihren Instrumenten: ein Geiger, eine Lautenistin und ein Cembalospieler. Am Boden des Podests befand sich ein Loch. Aus dem Ärmelaufschlag seines Rockes zog Bach einen Schlüssel an einem Sammetbändchen hervor und ließ ihn vor Volumiers Auge baumeln.

Volumier hatte wenig Verständnis für das Aufhebens, das der Musiker machte. Dies war nicht der erste Automat, den er zu Gesicht bekam. Sein Herrscher, König August, besaß eine ganze Sammlung davon. Bach jedoch war in seiner Euphorie nicht zu bremsen. Mit sicherer Geste steckte er den Schlüssel ins Schloss und drehte ihn ein paarmal herum. Wie auf unsichtbares Kommando setzte sich die Blechkapelle in Bewegung. Mit kurzen, abgehackten Gesten begann der kaum fingergroße Streicher, den Bogen zu bewegen, die Lautenistin, die Hand an den Saiten herauf- und hinabzuführen. Der Cembalospieler hob abwechselnd die Hände und ließ sie über den Tasten seines Instruments schweben. Aus dem hölzernen Corpus des Podestes erklang dazu eine äußerst unpassende Melodie, die den Klang der drei Instrumente auf ein monotones Glockenspiel reduzierte. Bach präsentierte Volumier den Automaten von allen Seiten und rief begeistert aus: «Ist das nicht wunderbar? Ist das nicht herrlich?»

Volumier rang sich ein schmales Lächeln ab. Sein Gastgeber hingegen konnte sich kaum sattsehen. Er drehte und wendete den Automaten, hielt ihn ins Licht und rief dann kichernd aus: «Und alle spielen perfekt zusammen! Das muss ich meinen Musikern erst einbläuen.»

Volumier fand, dass er dem Spielzeug genug Aufmerksamkeit geschenkt hatte, und wollte auf Bachs aktuelle musikalische Aufgaben zu sprechen kommen.

Da meldete die Hausherrin, dass die Speisen aufgetragen und die Tafel angerichtet sei. Mit sichtlichem Bedauern trennte Bach sich von seiner Kapelle. Liebevoll verstaute er sie in ihrem hölzernen Kasten. Dann nahm er Volumier mit einem Seufzen beim Arm und führte ihn zurück in die Stube. Dort erwartete sie Friedelena mit vor der Schürze gefalteten Händen.

•

DIE TAFEL war nur für die Männer gedeckt. Die Bach'sche Stube war klein, und der gewaltige Esstisch bildete, einmal zu voller Pracht entfaltet, das Zentrum. In einer Ecke stand, als einziger Zimmerschmuck, ein Cembalo. Kleiner als die Exemplare im Musikzimmer, aber mit zierlichen Ranken und Blüten bemalt. Eine Bibel auf einem Bord, an der Wand ein Kreuz mit dem Schmerzensmann.

Sobald man sich niedergelassen hatte, begann Bach über die Verhältnisse am Weimarer Hof zu klagen. Um seinen Dienst ordentlich zu versehen, musste er ein halber Diplomat sein. Die beiden gleichberechtigten Regenten, Wilhelm Ernst und Ernst August von Sachsen-Weimar, Onkel und Neffe, waren sich nicht grün, machten einander das Leben schwer und den Alltag ihrer Untertanen sauer. Jeder residierte in einem eigenen Schloss, nur einen Steinwurf voneinander entfernt, und unterhielt seine eigene Hofkapelle. Brotherr des jungen Johann Sebastian Bach war der ältere Mitregent, Wilhelm Ernst. Für ihn spielte der Hof-Musicus an sechs Tagen der Woche zum Gottesdienst in der Himmelsburg. Doch auch der Neffe hatte Bachs Qualitäten erkannt und buhlte um ihn. So sah sich der Organist im Mittelpunkt und als Objekt von Streit und Rangelei.

Als die prachtvolle Tafel vollends aufgetragen war, faltete Bach die Hände und sprach ein Tischgebet. Friedelena, die dicht dabeistand, senkte den Kopf zum Gebet des Schwagers. Volumier tat es ihr gleich. Als er ihn wieder hob, fiel sein Blick direkt in die Augen der jungen Frau. Ihre Stirn glänzte noch von der Anstrengung des Aufwartens. Doch auf ihrer Miene lag neben der Mühe auch die Zufriedenheit mit dem vollbrachten Werk. Volumier lächelte: Pflichterfüllung, wohin immer er sah.

Friedelena, offenbar in der Annahme, er habe sie angelächelt, erwiderte das Lächeln. Peinlich berührt und auch ein wenig verwirrt senkte Volumier den Kopf über seinen Teller und widmete sich bereits der Speise, während Friedelena ihm erst den Wein einschenkte.

«Es ist immer gut für einen Mann, eine Frau zu haben, die ihm den Haushalt führt», hörte er sich seinen Gedanken laut ausplappern.

Bach lächelte. «Die gute Friedelena ist eine treue Seele. Sie begleitet mich auf allen Reisen, da meine Gattin, Gott sei's gedankt, erneut guter Hoffnung ist. Und ich doch gerade, wenn ich unterwegs bin, der Hilfe und Unterstützung einer Frau bedarf.» Bach warf seiner Schwägerin einen Blick voller Dankbarkeit zu, der sie erröten ließ.

Volumier räusperte sich. «Sind Sie der weimarischen Dienste überdrüssig?», kam er auf das Sujet ihrer Unterhaltung zurück.

Bach sah ihn erstaunt an, als wolle er den Hintersinn dieser Frage entschlüsseln. «Nun. Als Diener zweier Herren wird man innerlich zerrissen. Sollte man mir ein attraktives Angebot machen …»

Er ließ den Satz unvollendet und schaute Volumier erwartungsvoll an.

Dieser sah sich in der Bredouille. Wie konnte er Bach ein Angebot machen? Sein Herrscher wusste nicht einmal von dieser Reise! Wenn allerdings nur die Hälfte der Gerüchte um diesen Mann stimmte und das, was er auf der Probe beobachtet hatte, auch für sein Orgelspiel galt, dann bot sich hier für den sächsischen Hof eine Gelegenheit, die so bald nicht wiederkehren dürfte. In diesem Moment fällte Volumier einen überaus eigenmächtigen Entschluss, der – das wusste er ganz sicher – ihn den Kopf kosten konnte, wenn es übel ausging. Und da eine einfache Bitte aus seinem Munde wohl nicht ausgereicht hätte, nahm er eine Notlüge zu Hilfe: «Meister Bach. König August von Polen und Kurfürst von Sachsen hat mich beauftragt, Ihnen eine Einladung zum Vorspiel an den Dresdner Hof zu übermitteln. Seine Majestät wären außerordentlich interessiert daran, dass Sie diesem Ansinnen vor jedem anderen den Vorzug gäben. Und, so viel kann ich Ihnen versichern, mein Dienstherr zeigt sich immer großzügig talentierten Musikern gegenüber.»

«Ich dachte, die Stelle des Direktors der Hofmusik ist nicht zu vergeben?»

«Selbstverständlich suchen Seine Majestät keinen zweiten Direktor», antwortete Volumier pikiert. «Denn dieses Amt, wie Sie ganz richtig bemerkten, liegt bereits in guten Händen …»

«Nämlich den Ihren», fügte Bach mit hintergründigem Lächeln hinzu.

Volumier beugte den Kopf. «Ich mag dem Entschluss meines Fürsten nicht vorgreifen, aber ich denke, ein Amt etwa im Range des Hoforganisten …»

«Das ist weniger, als ich derzeit in Weimar bekleide!» Bach verzog den Mund. «Dafür lohnt sich die Reise nicht!»

Mit einer Handbewegung beendete Volumier das Feilschen. «Ich bin lediglich befugt, Sie nach Dresden einzuladen. Über Hofämter habe ich nicht zu entscheiden.» Im Sprechen wurde ihm die Kehle eng. Er hatte sich weit vorgewagt …

Und doch zeigte Bach sich ungerührt.

«Ich bin zudem beauftragt», stieß Volumier weiter vor, und seine Stimme wurde noch dünner, «Ihnen eine Reisekasse von einhundert Talern zu überlassen, um die Unkosten zu decken.»

Bach wiegte den Kopf, als sei er noch immer unentschlossen.

Volumier verengte die Augenlider. Er fragte sich, ob dieser tiefgläubige, bescheidene und unbescholtene Mensch tatsächlich Zweifel hegte – oder ob er nur seinen Preis in die Höhe treiben wollte. Doch dann machte Bach eine Bemerkung, die ihn in Volumiers Achtung wieder hob:

«Ich werde mit meiner Frau darüber beratschlagen und dann entscheiden. Bestellen Sie Ihrem Herrscher untertänigst, sein Angebot ehre mich sehr. Wir werden versuchen, es einzurichten.»

Mit diesen Worten warf Bach Friedelena einen Blick zu, der Volumier zutiefst berührte. Es war das stille Einverständnis zweier Seelen, die sich bedingungslos aufeinander verlassen konnten.

Bevor Volumier weitersprach, musste er sich sammeln: «Ich bitte Sie, verehrter Bach, richten Sie es ein! Das Dresdner Publikum ist begierig, Ihr Talent an der Orgel oder einem beliebigen anderen Tasteninstrument walten zu hören.»

Bach lächelte geschmeichelt.

Volumier sah ihm in die Augen. «Sie werden das Publikum begeistern!»

Bach hob die Hände. «So Gott will.»

•

DIE WEGE nach Leipzig waren so schlecht wie das Wetter in jenem Herbst. Die Luft in der ordinären Post war erfüllt von den Ausdünstungen der Passagiere, und Volumier musste sich darauf konzentrieren, die Mahlzeiten bei sich zu behalten.

Von Leipzig nach Dresden hingegen gab es tägliche Verbindungen, auch eine Extrapost ohne Halt in all den Nestern, die nur zufällig am Wegesrand lagen. Und man konnte freier atmen. Die Kutsche war geräumig, und es gab nicht viele Reisende, die es an einem späten Septembermorgen nach Dresden zog. Volumier konnte sich ganz auf die Frage konzentrieren, wie er seinen Herrscher für den Plan gewinnen würde, gleich zwei der weltbesten lebenden Musiker zum Vorspiel nach Dresden einzuladen. Und wie er das alles bewerkstelligen konnte, ohne selbst allzu viele Federn zu lassen. Denn so viel stand fest: Seinem Ruf als bestem Musiker der Stadt und am königlichen Hof konnten beide gefährlich werden.

Er war, so viel Selbstkenntnis besaß er, ein guter Musiker. Die Geige beherrschte er, wie es ihm so schnell niemand nachmachte. Sein Orchester gehörte zu den besten Europas. Doch eines wusste er ganz genau: Ihn umgab keine solche Aura wie Marchand. Er entfesselte auf der Bühne nicht solche Leidenschaft, dass den Damen der Atem knapp wurde. Volumier war vom Schicksal auf einen überaus komfortablen Platz gestellt, als das unangefochtene Aushängeschild des Französischen am Dresdner Hof. Und diesen Rang wollte er gegen alle Anfechtungen behaupten, nicht mehr und nicht weniger.

Außerdem – und das war womöglich der wichtigste Grund – liebte ihn das Dresdner Publikum. Volumier wollte auf diese Liebe nicht verzichten.

Sowohl Bachs geniale Präzision als auch Marchands betörender Klangzauber könnten die braven Darbietungen seiner französischen Hofkapelle überstrahlen. Neben diesen beiden kam er sich plötzlich unendlich klein vor. Bach war vielseitiger und beherrschte mehr Instrumente als er selbst, Marchand sprach das bessere Französisch. Bach schrieb Musik für Gottes Ohren, Marchand konnte mit nur ein paar Tönen die Herzen in einem Saal an sich binden. Am Ende würde August sowohl Bach als auch Marchand an seinen Hof berufen, und Volumier wäre nur noch das blasseste Glied einer Perlenkette.

Also wälzte sein Hirn Idee um Idee, was er tun könnte, um die zerstörerische Kraft, die diese beiden Musiker gegen seine Stellung entfalten konnten, zu bändigen. Und im Nachdenken über das Problem sandte Gott ihm die Lösung. Einmal mehr sah Volumier ein, dass er nur ein kleines Rädchen im unendlichen Werk der Vorsehung war. Denn diese großen Musiker, die sich – wenn auch auf sehr unterschiedliche Weise – ebenbürtig waren, würden einander ausstechen: Neben dem gestrengen, gottesfürchtigen Bach wirkte Marchand ordinär. Neben Marchands sphärischer Aura erschiene Bach hingegen wie ein braver Stadtpfeifer. Neben dem protestantisch blassen Bach wirkte der Katholik Marchand wie ein Pfau. Bach strahlte die Pietät des Katechismus aus, Marchand die Erotik der Franzosen. Beide verkörperten Extreme – und wenn man sich gegen diese Extreme entschied, was war dann naheliegender als das Mittelmaß?

Die beiden Flammen würden sich gegenseitig verzehren. Und aus dem Feuer dieses Zweikampfs würde der Phönix Volumier umso strahlender wiederauferstehen. Ein Wettkampf musste her, ein Duell der Giganten, eine öffentliche Konkurrenz der größten lebenden Tastenvirtuosen, um das Feuer nur richtig zu entfachen. Dies war der Plan, den er seinem Herrscher unterbreiten würde. Er wusste schon jetzt um die Begeisterung Augusts, der das Spektakel liebte. Und ein Spektakel, das schwor sich Volumier, würde er ihm bereiten!

•

Nach seiner Heimkehr musste Volumier nicht lange auf Gelegenheit warten, bei seiner Kurfürstlichen Durchlaucht und Königlichen Majestät Friedrich August vorzusprechen. Der Herrscher empfing ihn im kleinsten Kreis. Nur Kanzler Flemming stand seinem Herrn zur Seite. Nicht im Thronsaal wurde der Musikdirektor empfangen, sondern in einem kleinen Kabinett des Schlosses, ausgestattet nur mit einem Ofen, einem Sekretär und einigen abgewetzten Möbeln. Vor dem Hofkapellmeister gab es keinen Anlass zu prunken.

Noch bevor Volumier dem Herrscher die dem Protokoll gemäße Ehre erweisen konnte, nahm August ihn am Arm und stellte dadurch eine intime Gesprächsatmosphäre her. Flemming hielt sich geschickt abseits und studierte eingehend seinen Siegelring, um die Vertraulichkeit nicht zu stören.

August sprach seinen Hofkapellmeister wie stets auf Französisch an, der gängigen Sprache am Dresdner Hof: «Wir sind begierig, lieber, verehrter Volumier, die Ergebnisse Eurer Reise zu erfahren. Konntet Ihr dieses überaus flüchtigen Monsieurs habhaft werden?»

«Ich traf ihn in Brüssel, Sire.»

«Ah», rief August erfreut aus, «Eurer Heimat.»

Volumier errötete. Ihm war nicht bewusst gewesen, dass August Kenntnis davon hatte. «Ich habe eine neue Heimat gefunden, Sire», erwiderte er steif.

August nickte nachdenklich. «Wohl dem, der dieses Talent sein Eigen nennen kann.»

«Ich hoffe, es ist nicht mein größtes.» Ergeben neigte Volumier das Haupt.

August lächelte. «Geruhte Monsieur Marchand denn, Unsere Einladung zum Vorspiel anzunehmen?»

Volumier stutzte. Ihm wurde heiß unter der Perücke, und er musste, alle Diplomatie außer Acht lassend, die Frage stellen, die ihm unter den Nägeln brannte: «Es handelt sich also um ein offizielles Vorspiel? Welche Position der Hofmusik gedenken Eure Majestät denn neu zu besetzen?»

Der Herrscher musterte seinen Hofmusikdirektor lange, ohne etwas zu sagen. Auch Flemming sah von seinem Ring auf. Volumier erkannte, dass er sich auf dünnes Eis gewagt hatte.

Der Kanzler erhob sich aus seinem Sessel, trat heran und ergriff das Wort: «Seine Kurfürstliche Durchlaucht und Königliche Majestät erwägen, Monsieur Marchand in das Amt eines Hofmusikers zu berufen, falls seine Tastenkünste – und alles, was man hört, deutet darauf hin – dies als angemessen erscheinen lassen.»

«Sire», ergriff Volumier nun, nach Luft schnappend, das Wort und wandte sich unmittelbar an August. «Ihr habt ihn noch nicht einmal angehört, geschweige denn von Angesicht zu Angesicht erlebt! Ich warne vor überstürzten Entscheidungen.»

«Wir sagten Euch doch, dass Wir Monsieur Marchand anhören werden, bevor Wir eine Entscheidung fällen. Und Wir werden selbstverständlich auch seine charakterliche Eignung überprüfen.»

Die Strenge und Ungeduld in Augusts Tonfall widersprachen der Nähe der Unterredung. August war ihm sogar noch ein Stück näher auf den Leib gerückt.

Volumier lockerte seine Kragenbinde und prüfte nun jedes Wort umso sorgfältiger, bevor er es in den Raum entließ: «Majestät. Ein Einzelvorspiel des Monsieur Marchand vor erlesenem, kunstverständigem Publikum lässt den Virtuosen womöglich strahlender erscheinen, als es seinem musikalischen Rang entspricht.»

«Wie meint Ihr das, Maître?»

«Nun, die Anwesenheit des Hofes, die freudigen Erwartungen, das Brillieren in einer für ihn eigens angeordneten Situation erleichtern dem Wettbewerber den Sieg. Er kann nicht verlieren.»

«Ist Euch daran gelegen, Monsieur Volumier», fragte August scharf, «einen Landsmann an den sächsischen Hof zu ziehen, um die französische Hofmusik zu befördern? Oder ist Euch nicht daran gelegen?»

«Nur wenn ihm die Ehre auch wirklich gebührt», entgegnete Volumier trotzig.

August und Flemming sahen sich verblüfft an. Der Kanzler übernahm es nachzufragen. «Zweifelt Ihr allen Ernstes an seiner Eignung? An der Tauglichkeit des ehemaligen Hofkompositeurs *Louis Quatorze*?»

«Es gibt jemanden, Euer Exzellenz», holte Volumier zum Coup aus, «der ebenfalls den Ruf an den Hof des glänzenden sächsischen Kurfürsten verdient. Der Monsieur Marchand an Virtuosität an den Tasteninstrumenten in nichts nachsteht. Der, obwohl noch jung, als bester Improvisationskünstler an der Orgel weit und breit …»

Flemming unterbrach ihn. «Marchand ebenbürtig? Von wem sprecht Ihr?»

«Sire, ich meine den jungen Bach.»

August winkte ab. «Der steht seit zwei Jahren in den Diensten unserer Weimarer Vettern. Außerdem schätze ich seine Ansichten nicht. Die Religion steht ihm an erster Stelle, erst weit danach kommt die Musik … Ihr wisst, Monsieur le Directeur, der Dresdner Hof ist durchaus auch den weltlichen Dingen zugetan …»

Volumier räusperte sich und reckte sich zu ganzer Größe. «Zufällig ist mir zu Ohren gelangt, dass Bach äußerst unzufrieden in Weimar ist.»

«Tatsächlich?» Die beiden Zuhörer waren hellhörig geworden.

«Darüber hinaus habe ich gehört, dass eine Einladung nach Köthen vorliegt.»

Diese offenbar auch für August überraschende Information verfehlte ihre Wirkung nicht. Der König sah seinen Kanzler eindringlich an.

«Er wird doch nicht so unklug sein, die anhaltinischen Dienste den sächsischen vorzuziehen?»

Volumier senkte den Kopf. «Ich suchte ihn selbst in Weimar auf und traf ihn bereits in Reisevorbereitungen an ...»

Flemming und August wechselten einen Blick. «Ihr reistet ohne jede Befugnis?», fragte August scharf.

Volumier brach der kalte Schweiß aus. «Sire, Weimar lag beinahe auf der Route, und ich wollte mich Bachs Lage versichern. Glücklicherweise traf ich ihn an ...»

«Monsieur, Ihr reistet in einer genau bezeichneten und begrenzten Mission!», sagte Flemming.

Volumier brachte seine entschuldigenden Worte nur schwerlich heraus. «Ich dachte, es läge im Interesse Seiner Majestät», sagte er tastend, «Meister Bach dazu zu bewegen, zumindest in Erwägung zu ziehen, Dresden auf die Route seiner Reise zu nehmen.»

«Ohne dass Wir Euch hierzu irgendeine Instruktion gegeben hätten?»

Volumier lockerte weiter den Kragen.

«Ihr habt Euch weit vorgewagt, Monsieur le Directeur», fügte Flemming hinzu.

«Nur so konnte ich ihn überzeugen.»

«Ohne Mittel? Ohne Zusagen?»

«Ich war so frei, ihm für die Reise einen Betrag aus meiner Privatschatulle zur Verfügung zu stellen.»

August hob die Augenbrauen. Wieder suchte er den Blick seines Kanzlers.

«Bach kommt also endlich nach Dresden? Wie genau habt Ihr dieses Kunststück der Diplomatie vollbracht? Verratet Uns Eure Kniffe!», verlangte August mit gestrenger Miene.

«Nun.» Volumier erlaubte sich, die Spannung auszukosten. «Ich habe ihm in Aussicht gestellt, gegen den größten französischen Tastenvirtuosen unserer Zeit anzutreten. In einem … musikalischen Duell!»

«Ein Tastenduell?» Flemming zog die Stirn kraus. «Bach gegen Marchand?»

Volumier nickte. Sein Blick streifte August, und aus den Augenwinkeln heraus gewahrte er ein Lächeln auf dem Gesicht des sächsischen Herrschers. «Vortrefflich, Maître, ich hätte es ganz genauso getan!», lobte August.

Volumier hatte es geahnt, der Vorschlag war nach Augusts Geschmack. «Ich bemühe mich stets, nur das zu tun, was mein Fürst an meiner Stelle auch tun würde …»

«Ihr habt eine vortreffliche Kenntnis Unserer Wünsche, Monsieur le Directeur. Fahrt fort!»

Durch den Erfolg ermuntert, führte Volumier aus, was er in der Kutsche erdacht hatte: «Beide Virtuosen müssen Aufgaben lösen, die Eure Königliche Majestät und Kurfürstliche Durchlaucht ihnen auferlegt. Wie König Eurystheus sie dem Herakles auferlegte. Wer sie, selbstverständlich in den Augen Eurer Majestät, am elegantesten löst, ist Sieger des Duells.»

«Und der Preis für den Sieger ist …?»

«Das zu entscheiden», Volumier sank in eine tiefe Verbeugung, «obliegt allein der Gnade und Weisheit Eurer Majestät.»

August klatschte in die Hände. «Volumier, Ihr habt Eure Stellung wohl verdient.»

Erleichtert schlug der Gelobte die Blicke nieder. Und hatte zugleich endgültig die Sicherheit darüber, dass sein Thron gewackelt hatte.

«Es wird Euch freuen», fügte Flemming an Volumier gewandt hinzu, «zu erfahren, dass der berühmte Louis Marchand nur noch drei Tagesreisen entfernt ist.»

Mit offenem Mund richtete Volumier sich wieder auf. «Dann müssen wir Bach auffordern, sich ebenfalls zu beeilen!»

August nickte. «Ja, mein lieber Volumier, das sollten wir. Und Wir verlassen Uns darauf, dass Ihr einen Weg finden werdet, das Tastenduell von Dresden in die Tat umzusetzen!»

«Danke, Sire!», sagte Volumier mit erneuter Verbeugung.

«Ich muss sagen», setzte August mit einem Lächeln nach, «dieses Tastenduell ist eine der besten Ideen, die mir jemals in den Sinn gekommen sind.»

VOLUMIER AMTETE AUF, als er durch das Georgentor vor das Schloss trat. Die mächtige Augustusbrücke, eine der schönsten aller Zeiten, spannte vor ihm eine breite steinerne Passage hinüber auf die andere Seite der Elbe. Wie auf einer Bühne schritt man über den Fluss – vor sensationeller Kulisse.

Volumier verharrte in der Mitte, wo ein großes Ebenbild des Gekreuzigten um Gottes Gnade für die Standfestigkeit des Bauwerks bat. Er trat an die Brüstung und starrte ins Wasser, das sich kräuselnd an den Pfeilern vorüberschob.

So gern hätte er einen Triumph gespürt! Stattdessen fühlte er, dass die eigentliche Arbeit noch vor ihm lag. August – und bald schon der ganze sächsische Hof – gierte nach dem versprochenen Ereignis. Und alle Last ruhte allein auf seinen Schultern …

Bach musste her! Denn je eher Marchand eingetroffen war und Gelegenheiten hatte, das Publikum für sich einzunehmen, desto größer die Möglichkeit, dass Bach unterlag!

Nach Hause in seine Wohnung auf der Hauptstraße zurückgekehrt, verfasste Volumier einen Bittbrief des Inhalts, dass Flemming einen Expresskurier zu Bach schicken möge.

Der kehrte zwei Tage später mit der Nachricht zurück, der Musiker habe sich bereits auf die Reise begeben und befinde sich in Freiberg. Und eine zweite Nachricht erreichte Volumier durch denselben kurfürstlichen Boten: Louis Marchand sei nur noch eine Tagesreise von Dresden entfernt.

Für Bachs Fahrt nach Freiberg gab es nur einen logischen Grund. Dort wurde jüngst das erste größere Instrument eines jungen und, wie man hörte, äußerst talentierten Orgelbauers eingeweiht: Gottfried Silbermann. Ein Sohn Sachsens, ausgebildet von seinem Bruder in Straßburg, wo sich im Orgelbau französischer und deutscher Stil mischten, genau wie in Volumiers Musik. Man erzählte nur mit Hochachtung von diesem aufstrebenden Handwerker, er benutze die alleredelsten Materialien wie englisches Zinn und über zehn Jahre abgelagertes Holz. Seine Orgel bringe Klänge hervor, wie man sie in Sachsen noch nie zuvor vernommen habe …

Bach, selbst ein gefragter Kenner und Orgelgutachter, musste, wenn ihm solches zu Ohren kam, Interesse zeigen. Was Volumier nicht wusste, war, ob und wann Bach plante, nach Dresden weiterzureisen. Diese Ungewissheit kostete ihn Nerven. Also, und da er selbst ausgesprochen neugierig auf Silbermanns Werk war, beschloss er, ein letztes Mal in dieser Affäre die Postkutsche zu besteigen, und trat die kurze Reise nach Freiberg an.

AM SICHERSTEN war es wohl, den Musiker im Dom zu suchen. Einmal angekommen, würde Bach seine Zeit mit dem Instrument verbringen wollen, von dem alle Welt sprach. Also ließ Volumier seine Reisetasche durch einen Botenjungen in das erste Haus am Platze schaffen, dem königlich-kurfürstlichen Schloss gegenüber, während er selbst seine Schritte unverzüglich auf den Dom zu wandte, die Kirche St. Marien zu Freiberg.

Volumier betrat sie von Süden durch die «goldene Pforte». Das Portal stand offen und hieß ihn willkommen, ohne dass eine Menschenseele zu sehen war.

Mit hallenden Schritten trat Volumier in die Mitte der Vierung und hielt nach der neuen Orgel Ausschau. Und da war sie, unübersehbar, hoch oben an der Westseite, gegenüber dem Altar. Über dem Turmeingang hatte man das umlaufende Triforium durch eine hölzerne Empore ersetzt, deren Farbgebung angenehm mit der Orgel korrespondierte. Der mächtige Prospekt erstreckte sich bis hoch hinauf ins gotische Kreuzrippengewölbe.

Die Zinnpfeifen glänzten silbern, die Vornehmheit des

Materials war ihnen anzusehen. Der monumentale Prospekt wirkte überwältigend schön und strahlte zugleich protestantische Strenge aus. Er war blattgoldverziert, mit Früchten und Pflanzengirlanden gerahmt und von musizierenden Engeln bekrönt und flankiert. Die Pauken und Trompeten, die sie hielten, unterstrichen die Bestimmung der Orgel, Gott als höchstem König zu dienen.

Plötzlich, Volumier war noch von der Pracht des Instruments geblendet, ertönte ein einzelner, tiefer Ton. Er klang so intensiv, dass er Volumier sofort bezauberte.

«Gut!», brummte da von irgendwoher eine vertraute Stimme. «Jetzt mal etwas in der hohen Lage!»

Der erste Ton verklang mit langem Nachhall im Gemäuer.

Derjenige, der die Taste anschlug, verfügte offenbar über musikalisches Gespür. Er wartete den Moment absoluter Stille ab, bis er den geforderten neuen Ton anschlug. Und wieder war Volumier fasziniert von der Klarheit und Kraft des Instruments. Der Klang schien ihm vollkommen und der Ruf des aufstrebenden Silbermann als Genie unter den Orgelbauern gerechtfertigt. Schon an den ersten Tönen erkannte Volumier die Reinheit und Würde der französischen Orgel, die sich hier jedoch mit unbändiger Klangintensität und deutscher Direktheit verband. Welches Wunder würde man zu hören bekommen, wenn sich die Töne verbänden zu Melodien, Harmonien und Läufen!

Über einen Wendelstein stieg Volumier zur Empore hinauf. Der Zugang zum Spielschrank war durch eine hölzerne Wand verwehrt. In der Erwartung, Bach zu sehen, die Gliedmaßen über das Manual gebreitet und jederzeit bereit, Musik in die Weite des Kirchenraums zu schmettern, öffnete er eine Tür mit geschmiedetem Griff.

Doch auf der Orgelbank saß kein Bach. Sondern ein Junge mit Zahnlücken und viel zu kurzen Hosen. Die Beine reichten kaum bis an die Pedale. Und auch, um das oberste Manual – edel wie alles, aus Ebenholz und Elfenbein – zu erreichen, musste er sich gewaltig strecken.

Als ein Dielenbrett unter Volumiers Füßen knarrte, warf der Junge den Kopf herum. Beinahe wäre er von der Bank gefallen, da rief Bach aus den Tiefen des Instruments: «Nun eine große Terz auf ‹d›.»

Der Junge konzentrierte sich und schlug die verlangten Töne an.

Sofort dröhnte die Stimme aus dem Bauch des Instruments: «Nicht ‹f›, mein Junge, ‹fis›!»

Mit Blicken suchte Volumier den Einstieg ins Gehäuse, denn Bach musste irgendwo darin stecken, mitten in diesem Wunderwerk! Der Junge, die Hände stets auf dem mittleren Manual, um es Bach so schnell wie möglich recht zu machen, wies ihn mit dem Kopf zurück an die Seite der Orgel, aus deren Richtung er gekommen war.

«Herr!», rief er zugleich nach oben. «Besuch für Sie!»

«Wer ist da?»

Der Junge an der Orgel musterte Volumier mit einem Seitenblick. «Ich habe ihn nie gesehen.»

«Bemühen Sie sich nicht, Meister Bach, ich komme!»

Ohne auf Antwort zu warten, eilte Volumier zu der bezeichneten Tür und trat in den Corpus der Orgel.

In dem Halbdunkel, das ein Dutzend schlechte Talglichter verbreiteten, kam er zunächst an den Bälgetretern vorbei. Bis zu sechs Mann hatten hier Platz, um alle Orgelpfeifen in vollem Betrieb mit Wind zu versorgen. Zum Zwecke der ersten Besichtigung hatte Bach mit der Hälfte vorliebgenommen: Drei kräftige Männer traten die Bälge ohne Unterlass, hielten sich an senkrechten Holmen fest und sahen Volumier gelangweilt entgegen. Einer spie zur Seite.

Eine Holzstiege führte weiter hinauf in ein ungewöhnlich geräumiges Inneres. So viel Platz – eine Gruppe Kartenspieler hätte sich ohne Probleme ausbreiten können – hatte Volumier noch niemals im Inneren eines Instruments gesehen. Manches Orgelgehäuse war so eng, dass man dünn wie ein Schürhaken sein musste, um die Pfeifen stimmen zu können. Andere wieder waren schief und verwinkelt und ohne jeden Plan von ihren Meistern eingebaut worden, gerade wie es ihnen die Laune eingab. Doch dieses war durchdacht in einer Weise, die auf einen überaus verständigen Charakter schließen ließ.

Mit fliegenden Schößen eilte Volumier weiter nach oben und traf Bach im Hauptwerk an. Die Stirn des Meisters war tief gefurcht, so konzentriert war er.

«Ah, Monsieur Volumier», empfing er ihn aufgeräumt. «Sagen Sie nichts! Ich weiß, warum Sie hier sind.»

«Weil ich genauso neugierig auf dieses Instrument bin wie Sie.»

Bach lächelte. «Ein außerordentliches, Monsieur, ein ganz außerordentliches! Niemals habe ich eine so wohlaufgeräumte Orgel gesehen. Sehen Sie hier, die ganze Windanlage und Zugmechanik, so klar und übersichtlich, alles ebenmäßig und symmetrisch. Hier hat jemand größten Sinn für Perfektion bewiesen, selbst dort, wo es für den Klang gar nicht nötig wäre. Der Erbauer hat Talent für die Architektur ebenso wie für die Ästhetik. Hinter dieser Anordnung muss ein ungewöhnlich klarer, strukturiert denkender Geist stecken. Aber dann … Schauen Sie sich das hier an.»

Bach zeigte Volumier im Hauptwerk eine Reihe Pfeifen, die auf einer kunstvoll geschnitzten hölzernen Konstruktion den anderen gegenüber erhöht standen. Dann führte er ihn zu einem Holzkasten im Oberwerk, so groß, dass ein Mann ihn mit beiden Armen gerade noch tragen konnte. Er war an allen Seiten geschlossen und ebenmäßig.

Bach zog die Augenbrauen in die Stirn, die nun die Farbe seiner Kopfhaare hatten: Die Perücke hatte er auf einen Balken gelegt. Offenbar störte sie ihn bei der Inspektion.

Der Musiker trat zur Vorderseite, stemmte seine Arme gegen das zum Greifen nahe Kirchengewölbe und beugte sich so weit wie möglich vor. So im höchsten Himmel der Kirche zwischen Leben und Tod schwebend, rief er dem Knaben am Manual einige Bemerkungen zu.

Zunächst ertönte von unten eine kräftige, doch ausgesprochen farbige Mischung von Pfeifen, deren Klang Volumier sofort erkannte: Das Cornet war ihm aus Frankreich und Flandern als eines der wichtigsten Register vertraut. Hier in Sachsen hatte er dies jedoch nicht erwartet. Dann folgte, unmittelbar neben ihm, aus dem geheimnisvollen Kasten, derselbe Ton noch einmal, gedämpft, wie von weit her. Volumier zuckte zusammen.

Bach grinste ihn an: «Das ist das Echo!»

Volumier meinte, seinen Ohren nicht zu trauen. «Diese Orgel verfügt über ein Echocornet?»

Bach nickte. «In diesem unscheinbaren Kasten befindet sich für diesen einzigartigen Effekt derselbe Satz Orgelpfeifen noch einmal.»

Volumier nickte staunend. Aus Frankreich kannte er solche Orgeln, aber dass ein deutscher Baumeister dazu in der Lage war …

«Meister Silbermann», sagte Bach, «ist anscheinend

ebenso genial wie verspielt – die besten Voraussetzungen für künstlerische Großtaten. Dazu ein wahrer Kenner der Mathematik, die doch die Grundlage aller Musik ist …»

«Es beeindruckt mich außerordentlich, mein Herr, im begnadeten Musiker und Komponisten auch einen Handwerker und Konstrukteur vorzufinden», schmeichelte Volumier.

Bach sah ihn aufrichtig an. «Nichts auf dieser Welt fasziniert mich mehr als eine Orgel. Sie ist die komplizierteste Maschine unserer Zeit, die Königin der Instrumente, es gibt nichts Ebenbürtiges.» Bach hatte den Satz aus tiefer Überzeugung gesprochen, und der Geiger glaubte ihm.

«Sehen Sie», fuhr Bach fort, «wie ein mechanisches Gewirr, das klappert und sirrt, wenn wir die Register ziehen, die Tasten betätigen, die Pedale treten, dass aus einer endlosen Folge von Arbeitsgeräuschen eine so himmlische Musik wird? Und warum? Weil der Klang der Pfeifen durch seine Schönheit die Geräusche der Mechanik übertönt. Wenn man so will, ist es Täuschung: Die Arbeit wird verborgen, die Wirkung bleibt bestehen.»

«Aber …», wollte Volumier nachfragen. Bach gebot ihm mit einer herrischen Geste zu schweigen. Wiederum eilte er nach vorn zum Prospekt und rief dem Gehilfen Anweisungen zu.

Dann kam er zurück und wies, Volumier am Ärmelaufschlag ziehend, auf die Spielmechanik hin, wo alle Übertragungswege zusammenliefen, die das Oberwerk steuerten. Sobald der Junge das Stück anspielte – kein komplexes Werk, nur ein einfacher Choral –, da entfalteten die Gelenke ihren Eifer und klickten und zogen und sprangen vor und zurück, von einer Position in die andere. Und was dabei herauskam, war herrlichste Musik.

Volumier war bezaubert, als hörte er zum ersten Mal eine Orgel.

Bach strahlte. «Ist das nicht überall in der Kunst so?», fragte er den Geiger. «Hört man die Stunden und Aberstunden Probenarbeit? Sieht man die Tage und Wochen, hört man das Kratzen des Pinsels, den der Maler in seinem Atelier benutzte, um reine Schönheit zu erschaffen? Und die Jahrzehnte währenden Kommandos, das Hämmern und Feilen, das Knarren und Knirschen, das Blut und den Schweiß, den der Bau einer Kirche wie dieser gekostet hat? All dies tritt, ist das Werk erst vollendet, für alle Zeiten hinter der Schönheit zurück. Der Prozess des Werdens ist vergessen, wenn das vollbrachte Werk erstrahlt. Ist das nicht ein göttliches Wunder?»

Volumier nickte. «Und ganz genauso verhält es sich mit den Menschen. Wir sehen immer nur das, was vor uns steht. Nicht den Weg, den es genommen hat, um zu werden, wie es ist.»

Bach nickte. *«Vous êtes philosophe, Maître Volumier.»*

Geschmeichelt senkte Volumier den Kopf. «Sind Sie also zufrieden mit Silbermanns Orgel?», fragte er Bach, als der ihn wieder hob.

Der Musiker überlegte lange, ehe er sich zu einer Antwort bewegen ließ. «Die Bauart ist edel und von feinster Qualität. Die Materialien sind die besten, die man finden kann. Ich frage mich, aber dies nur nebenbei, ob Silbermann überhaupt einen Gewinn aus dieser Anfertigung ziehen kann. Der Klang ist von einer Schönheit, wie wir sie in unseren Landen noch nie zuvor vernommen haben. Gleichwohl …» Bach zögerte.

«Gleichwohl …?»

«Gleichwohl bin ich mit der Stimmung der Orgel nicht

ganz einverstanden. Herr Silbermann orientiert sich zu sehr am Schönklang. Eine Orgel aber hat einer höheren Bestimmung zu dienen; ihre Schönheit darf sich nicht im Selbstzweck erschöpfen.»

«Und doch soll sie auch schön anzuschauen und anzuhören sein von den Menschen, die zum Gottesdienst strömen.»

«Gewiss», bestätigte Bach. «Doch bevorzugt Meister Silbermanns altmodische Stimmung mir doch allzu sehr den reinen Wohlklang und legt meinem Ausdruck Grenzen auf. Muss man nicht die Passion schon im Fest von Christi Geburt ahnen können? Das Christentum ist nicht nur Nächstenliebe, sondern auch Märtyrertod. In der Musik ist es wie überall im Leben: Schönheit gilt nichts ohne Hässlichkeit, Konsonanz hat kaum Wirkung ohne Dissonanz. Glatte Perfektion ist todlangweilig, Monsieur Volumier!»

NACHDEM SIE das Orgelgehäuse verlassen hatten, wandelten Bach und Volumier durch Freiberg, hin zu dem Gasthaus, das der Organist für die Dauer seines Aufenthalts bezogen hatte. Während des kurzen Spaziergangs lag Volumier eine Frage auf der Zunge, doch er wagte sie nicht zu stellen: Ob Friedelena ihren Schwager wie vorgesehen begleitet hatte?

Umso mehr war er erfreut, als sie ihn auf der Schwelle empfing. Ohne ein Wort drückte er ihr einen Kuss auf die Hand. Und auch in ihrem Gesicht war Freude. Und mehr noch. Anders als in Weimar war sie mit dem Selbstbewusstsein der Reisenden ausgestattet. Nicht Helferin im

Haushalt, sondern notwendige Stütze eines gefragten Mannes.

Rasch wies Bach sie an, von der Wirtin Wein und Käse zu ordern, um eine kleine Tafel zu improvisieren. Und Friedelena ließ es sich nicht nehmen, Volumier wie in Weimar persönlich zu umsorgen. Nicht die Wirtin trug Wein, Käse, Brot auf, sondern sie. Und wieder nutzte sie die Gelegenheit, Volumier hin und wieder einen vertrauten Blick zu schenken. Doch diesmal hatte er die Vertrautheit erwartet, ja ersehnt. Sie irritierte ihn nicht wie zuvor, er fühlte sich nun in der Lage, ihr Zuvorkommen, ihre präzisen und dennoch sinnlichen Bewegungen zu genießen. Hatte er sich zuvor gefragt, ob sie sich jedem Mann auf diese Weise näherte, spürte er nun die Gewissheit, dass sie es allein für ihn tat. Dies stärkte den Mut des Kapelldirektors, und jenes Mutes bedurfte es, um Bach von dem Wettkampf mit Marchand und der Idee eines Tastenduells zu überzeugen. Denn Bach wäre – das ahnte Volumier – einem solchen Spektakel sicherlich abgeneigt.

«Warum sollten wir gegeneinander antreten?», sagte der Organist dann auch, als Volumier ihm den Vorschlag unterbreitete.

«Monsieur», versuchte Volumier die Aufgabe schmackhaft zu machen, «der größte lebende französische Komponist und Tastenvirtuose kommt nach Dresden, um seine Kunst an der Ihren zu messen. Sie werden dem doch nicht ausweichen wollen? Ach, was sage ich, nicht können! Welcher Eindruck würde entstehen?»

Bach schüttelte den Kopf. «Ich spiele dem höchsten Gott zu Ehren und zur inneren Erbauung des Hörers. Der gewöhnlichen Menschen Eitelkeit ist das Gegenteil dessen, was meine Musik verfolgt.»

«Aber es ist das, was das Publikum Anteil nehmen lässt, Monsieur. Nicht jeder denkt so edel wie Sie. Schenken Sie auch den einfachen Menschen von Ihrem Göttertrank ein!»

«Ein jeder, der mag, kann von meiner Musik kosten. Soll er nur sonntags in den Gottesdienst kommen ...»

«Ich bin persönlich nach Freiberg gereist, über schlechte Wege und in übler Gesellschaft, um Sie dazu zu bewegen, der Einladung meines Fürsten zu folgen.»

«Eitelkeit zählt zu den sieben Todsünden, Monsieur Volumier.»

«Und doch steht sie einem Künstler gut zu Gesicht, denn er darf stolz auf seine Kunst sein. Ist nicht die Kunst selbst Ausdruck von Eitelkeit? Wenn Ihr Talent nur annähernd so groß ist, wie ich ahne, dann haben Sie alles Recht der Welt auf Stolz! Dann dürfen Sie sich auf den Wettbewerb mit dem französischen Virtuosen freuen, denn jener Mann ist womöglich der einzige auf Erden, der Ihrer Kunst nahe kommt.»

Bach schwieg nachdenklich.

Unterdessen warf Volumier Friedelena einen Blick zu, einen von unzähligen. «Mein Fürst wird sich glücklich schätzen, einem Künstler wie Ihnen, Monsieur Bach, und einer jungen Dame wie Ihnen, Mademoiselle, ein Gastzimmer auf Kosten Seiner Majestät zuzuweisen. Und selbstverständlich werden Sie, Meister Bach, einen fürstlichen Lohn erhalten, sofern Sie sich dem Vergleich mit dem einzig Vergleichbaren auf dieser Welt stellen.»

Friedelena lächelte Volumier zu. «Es wäre mir eine Ehre, Monsieur in Dresden am Ort seines Wirkens aufzusuchen. Ich hoffe, ich bin in der Lage, auch Ihrer Kunst Gehör zu schenken.»

Bach schreckte aus seinen Gedanken hoch. «Haben Sie denn eigentlich jemals mein Spiel angehört, Monsieur?»

«Ich kann mich dessen nicht rühmen, in der Tat», gab Volumier kleinlaut zu. «Ich habe nur von Ihrem herausragenden Talent gehört, Meister. Und hatte die Ehre, Sie bei den Proben zu beobachten. Ihrer Tastenkunst durfte ich leider noch nicht lauschen.»

«Dann wird es Zeit», sagte Bach.

ALS VOLUMIER nach Dresden zurückkehrte, war sein Herz leicht wie nie. Die Aussicht auf das baldige Wiedersehen mit der keuschen, bescheidenen Friedelena, auf das Duell der größten lebenden Musiker und nicht zuletzt das freundliche, ruhige Herbstwetter, das den Himmel an diesem Morgen golden färbte, beflügelten seine Laune.

Eben hatte er, nach Tagen der musikalischen Enthaltsamkeit, die Geige aus ihrem Kasten genommen, um ein neues, eigenes Werk für die französische Hofkapelle einzustudieren. Hatte, nachdem er das Instrument liebevoll betrachtet, gerade den Bogen vorsichtig auf die Saiten gelegt und setzte schon an, den ersten Ton zu entlocken, da platzte seine Hausmagd ins Musizierzimmer. Indem sie die Hände an der Schürze abwischte, vollführte sie einen flüchtigen Knicks.

Volumier kommentierte die Störung unwirsch. Die Magd fasste sich dennoch ein Herz: «Ein junger Herr wünscht Sie zu sprechen, Meister! Darf ich ihn bringen?»

Seufzend ließ Volumier die Geige wieder sinken. «Findet man denn nie seine Ruhe?»

Die Magd faltete die Hände vor der Schürze. «Meister, er trug seinen Wunsch mit solchem Nachdruck vor, dass ich …»

«Nun schick ihn schon herein!»

Volumier drehte sich so herum, dass er den Eintretenden sehen könnte, sobald er über die Schwelle käme. Auch das Notenpult schob er in die Richtung. Die Magd ließ die Tür einen Spalt weit offen, eine Angewohnheit, die der Hofkapellmeister der Bediensteten längst hatte austreiben wollen. Volumier schüttelte den Kopf und wandte sich, um dem Störenfried zu zeigen, wie unwillkommen er war, wieder der Partitur zu.

Nur wenig später drängelte sich ein rotschopfiger Jungspund durch den Spalt. Volumier ließ die Geige endgültig sinken und betrachtete den ungebetenen Gast. Die gepuderte Perücke war ihm verrutscht. Wilde Büschel roten Haares schauten darunter hervor. Die Augen waren munter. In der Hand hielt er einen Gehstock mit silbernem Knauf, der für seine Gestalt etwas zu vornehm und auch etwas zu lang erschien. Volumier sah auf den ersten Blick, dass der junge Mann für mehr gelten wollte, als er darstellen konnte.

«Maître Volumier?», fragte der Besucher. Dabei konnte er doch keinen Zweifel daran haben, wem er gegenüberstand.

Volumier neigte kaum merklich den Kopf. «Und mit wem habe ich das Vergnügen?»

«Anton Schulz aus Delitzsch, Euer Wohlgeboren! Es ist mir eine Ehre, dem berühmten Direktor der französischen Musik am königlich-polnischen Hof zu begegnen.»

Volumier verzog den Mund angesichts der unübersehbaren Absicht, ihm zu schmeicheln. «Anstatt mir Komplimente zu machen, wäre es an der Zeit, mir zu verraten, was Sie zu mir führt, junger Mann!»

Mit der Hand wies Volumier den Jüngling an, ihm gegenüber Platz zu nehmen. Der zögerte nicht und ließ sich auf dem Canapé nieder, der einzigen Sitzgelegenheit im Raum.

«Sicherlich ahnen Sie es bereits.»

Volumier lächelte säuerlich. Was, so fragte er sich, sollte er denn ahnen?

«Mir ist vom Tastenwettstreit zu Ohren gekommen ...»

Das verwunderte Volumier, hielt er diese Hofangelegenheit doch bislang für eine verschwiegene. Offenbar hatte sich die Lage während seiner Abwesenheit verändert.

Ungefragt fuhr der als Anton Schulz eingeführte Jüngling fort: «Ich bin nach Dresden gekommen, um meinen Namen in den Hut zu werfen ...»

«Wie belieben?»

«Ich möchte teilnehmen am Wettstreit. Und bin in der Lage dazu!» Schulz war aufgesprungen. «Mein Oheim lehrte mich die Kunst des Orgelspiels.»

Volumier gebot ihm mit einer Geste Einhalt. «Es handelt sich hier nicht um irgendwelche Dilettanten. Es geht um einen Wettstreit zwischen Johann Sebastian Bach, der aus einer berühmten Musikerfamilie stammt und dem ein gehöriger Ruf vorauseilt, sowie Louis Marchand, dem bekanntesten französischen Tonsetzer und Organisten, den unsere Zeit kennt, ehemals Hofkompositeur des Königs von Frankreich! Wie würde sich denn Ihr Name – wie war er doch gleich ...?»

«Anton Schulz», warf sich der Angesprochene in die Brust.

«... richtig, Herr Schulz. Wie also, glauben Sie, würde sich Ihr Name in dieser erlauchten Reihung ausnehmen?»

Schulz zog eine enttäuschte Miene. «Ich wusste nicht, dass wir mit unseren Namen gegeneinander antreten. Ich dachte vielmehr, es sei ein Wettkampf der Talente, bei dem man …»

Volumier lächelte mitleidig. «Wohl wahr, Monsieur. Doch die beiden Herren, von denen ich sprach, haben ihr Talent gehörig unter Beweis gestellt. Bei Ihnen hingegen steht, mit Verlaub, der Beweis noch aus.»

Dass es ein Fehler war, den Ehrgeiz des Herrn Schulz aus Delitzsch noch anzufeuern, sah Volumier im nächsten Moment ein.

Der Rotschopf war aufgesprungen, hinüber zum Cembalo geeilt und machte sich, die Rockschöße flugs über den Hocker geworfen, an den Tasten zu schaffen.

«Monsieur, hören Sie, wenn Sie Beweise meines Talents benötigen, die kann ich liefern …»

Schon entlockte er dem Instrument die ersten zarten Töne. Volumiers Zorn verflog augenblicklich. Der noble, opulente Klang des Cembalos beschwichtigte sein Gemüt. Es war ihm eines der liebsten Instrumente.

Und in der Tat war das Stück recht artig gespielt, jedoch … Ach, Volumier schimpfte sich innerlich einen Narren, denn der Wettstreit war ja zwischen Bach und Marchand verabredet, und der Rotschopf war nur hier, weil irgendjemand ihm einen Floh ins Ohr gesetzt hatte.

Oder verbreitete man am Hofe etwa Gerüchte, um ihn in Misskredit zu setzen? Volumier beschloss, auf der Hut zu sein. Er trat an das Cembalo, doch Schulz wollte einfach nicht aufhören zu spielen.

«Monsieur, lassen Sie mein Instrument! Gehen Sie heim und üben Sie, bevor Sie sich einer Position anheischig machen, der Sie nicht gewachsen sind!»

Augenblicklich ließ Schulz die Tasten los. Seine Hände blieben noch einen Moment in der Schwebe, dann wandte er sich enttäuscht ab.

«Wenn Sie mir Ihre Adresse hinterlassen», sagte Volumier, «werde ich Ihnen gern Zeit und Ort des Duells mitteilen. Dann können Sie hören, wie weit Ihr Weg zu wahrem Künstlertum noch ist.»

Schulz kritzelte Buchstaben auf ein Billet. Er reichte es Volumier, der es, ohne einen Blick darauf zu werfen, in seine Westentasche verschwinden ließ.

Auf der Türschwelle wandte sich Schulz noch einmal um: «Maître, darf ich Sie bitten, sich für meine Berufung zum Hofmusicus zu verwenden?»

Mit der Tür schob Volumier den jungen Mann hinaus. Und nahm sich vor, seiner Hausmagd bei Gelegenheit darzulegen, wen sie einlassen durfte und wen nicht.

•

OFFENBAR WAR ES der Tag der ungebetenen Bittsteller. Der Geruch von Anton Schulzens Rasierseife war noch nicht ganz verflogen, da wurde Marchands Geliebte vorstellig.

Und welch ein Unterschied zu ihrem letztmaligen Zusammentreffen! War Madame van Schouten dort das blühende Leben gewesen, schien sie heute dem Tode geweiht. Der Puder in ihrem Gesicht war von Tränenspuren durchzogen, die von ihren geschminkten Augen mit Schatten versehen wurden. Sie ahnte wohl das Malheur und hielt sich ein Spitzentaschentuch vors Gesicht. Damit verbarg sie allerdings nur den kleineren Teil des optischen Desasters.

Weitaus größer war das seelische, wie Volumier ihrer Schilderung entnehmen konnte:

«Maître, Sie hatten recht mit allem, was Sie mir in Brüssel sagten. Monsieur Marchand ist ein Tunichtgut, ein Weiberheld sondergleichen. Ein Kerl zum Davonjagen!»

Statt eine Antwort zu geben, vollführte Volumier eine ratlose Geste.

Obschon Junggeselle aus Überzeugung, kannte er die Frauen doch gut genug, um zu wissen, dass er deren Reden mit seinem Schweigen zuverlässiger beförderte als mit neugierigen Fragen. Also fuhr Madame nach einer kurzen Pause fort:

«Kaum waren wir in Dresden angelangt und Louis fing an, Konzerte zu organisieren, da hatte er sich schon eine Dame angelacht, eine vom Hofe, wie man hört, und ich war nur noch das Liebchen zweiten Grades.»

«Er gibt Konzerte?», platzte es aus Volumier heraus.

«Verstehen Sie, wie mich das kränkt? Als Frau? Als Liebende?»

«Dass er Konzerte gibt?»

«Dass er mich fallenlässt, sobald ein Gesäß mit hübscherem Schwung seinen Weg kreuzt!»

Volumier wiederholte seine Geste, die nun nicht nur Ratlosigkeit, sondern ein zunehmendes Maß an Verärgerung ausdrückte.

Was erwarten Sie von so einem? Wie konnten Sie ihm nur vertrauen?, wollte er ihr vorwerfen. Doch dann wurde ihm bewusst, dass er denselben Fehler begangen hatte. Er schalt sich innerlich einen Dummkopf. War er nicht ebenso naiv wie Madame von Schouten? Natürlich gab Marchand Konzerte! Wie sollte er anders? Er musste seinen Ruf versilbern, um seinen Lebenswandel zu bezahlen.

Volumier nickte vor sich hin. Es war nicht ungeschickt, das Exemplum Christi zu beschwören. Hatte nicht auch der Heiland eine Frau von zweifelhaftem Ruf an seine Seite geholt? Der Musiker seufzte. Dann verkündete er sein Angebot: «Es gibt eine ungenutzte Kammer am anderen Ende des Flures. Dort ist eine bescheidene Bettstatt installiert. Mit Hilfe meiner Hausmagd werden Sie beides für Ihre Zwecke nutzbar machen. Das sollte für ein, zwei Nächte genügen. Eine Zuflucht, nicht mehr. Danach sehen wir weiter.»

«Monsieur, Sie sind solch ein Ehrenmann! Ihr Ruf soll in der Heimat und überall auf der Welt der eines Heiligen sein!»

«Ich bin Protestant, Madame», sagte Volumier rasch, um jeden Zweifel aus dem Weg zu räumen.

Madame van Schouten flog auf ihn zu und wollte seine Hände ergreifen, doch Volumier zog sie rechtzeitig zurück und verschränkte sie hinter seinem Rücken.

Als sich der Hofkapellmeister am nächsten Morgen erhob, rasierte und für die Proben zurechtmachte, hörte er Madame van Schouten im Nebenzimmer singen. Streng genommen war es noch kein Gesang. Sie wärmte lediglich ihre Stimme auf.

Volumier hatte unzählige Sängerinnen gehört. Doch diese Stimme war besonders. Sie nahm ihn in einer außergewöhnlichen Art gefangen. Und seine Tagesroutine war hinweg.

«Sie singt so außerordentlich schön», seufzte nun auch

die Hausmagd, als sie dem Herrn das Frühstück servierte. Nur heißes Wasser gönnte sich Maître Volumier für gewöhnlich zum trockenen Brot. Doch an diesem Tage hatte es ihn, gegen jede Gewohnheit, nach einer Tasse heißer Schokolade gelüstet.

Er pflichtete seiner Magd bei und hing weiter seinen Gedanken nach. Es war ihm nun fast peinlich, dass er derart schnell den Stab über einer Frau gebrochen hatte, nur weil sie zufällig – und auch nur für kurze Zeit – die Begleiterin eines Hansdampfs geworden war. Sicherlich war sie völlig ohne eigenes Verschulden in die Affäre geschlittert, man wusste ja, wie das geschah und wie schnell es gehen konnte …

Doch dann, als er sich genauer befragte, kam er zu dem Schluss, dass er nicht das Geringste darüber wusste, wie man Sklave seiner Leidenschaft wird.

«Auf dem Markt erzählt man sich allerlei von Monsieur *Marchand*», riss ihn die Magd aus seinen Gedanken.

«Warum sprichst du seinen Namen so geziert aus?», fragte Volumier.

Die Hausmagd sah ihn verwundert an. «Na, weil es doch *der Marchand* ist! Der, über den sich alle Welt das Maul zerreißt.»

Volumier kräuselte die Lippen. Er hatte sich an der Schokolade verbrannt. «Was erzählt man denn über ihn?»

«Ach, Monsieur, es ist Ihrer Neugier nicht wert.»

«Nun rede schon!»

Die Magd erschrak.

Scheppernd landete Volumiers Tasse auf dem kleinen Tisch. «Wie kannst du mich erst neugierig machen und mir dann das Gerücht vorenthalten?»

Die Hausmagd machte einen Knicks und sprach tonlos:

«Man sagt, dass er zu einer Privatmusik ins Haus der Baronin Markowitz lädt. Er wird dort eine erste Probe seiner überragenden Kunst geben.»

Volumier spürte, wie er rot anlief. Dann hatte Madame van Schouten ihn richtig informiert. Hatte er sich nicht auserbeten, Marchand enthielte sich bis zum Zeitpunkt des Tastenduells jeder Kostprobe seines Könnens? Der Mann war in seiner Dreistigkeit unüberbietbar.

«Wünschen Sie noch etwas, Monsieur?», riss ihn die Magd aus seinen Gedanken.

Ja, dachte Volumier, natürlich wünsche ich mir etwas: dass diese Kanaille sich an unsere Vereinbarungen hält!

DER DIREKTOR der französischen Hofmusik war nicht gern gesehen im Haus der Baronin. Er las es in der Miene der Gastgeberin und hörte es aus dem kühlen Ton ihrer Begrüßung heraus. Nicht seine Wortgewandtheit, nicht die Klugheit seiner Ansichten, nicht seine Musikalität oder die exponierte Stellung bei den höfischen Festen war sein Eintrittsbillet – es war allein die Hofuniform. Man konnte ihm einfach nicht die Tür weisen.

Die Baronin hatte sichtlich Mühe, die Miene zu wahren, als Volumier sie darüber informierte, dass das Konzert des Louis Marchand nicht stattfinden könne. Dass sie es absagen müsse. Sie zwang sich ein Lächeln aufs Gesicht und bat ihn herein.

Im Gartensalon mit seinem lichten Blick auf Terrasse und Anwesen war eine überschaubare Menge versammelt. Einer der Anwesenden war der Kanzler Flemming, und Volumier atmete auf, denn der musste doch sein natürlicher Verbündeter sein. Und als solcher die Notwendigkeit einsehen, ein vorzeitiges Auftreten Monsieur Marchands zu unterbinden.

«Ah, Volumier, die Neugier auf das Spiel des Franzosen treibt auch Sie hierher?», sagte Flemming, als der Hofkapellmeister zu ihm trat.

«Ich hatte erst vor kurzem in Brüssel das Vergnügen, seiner Kunst zu lauschen. Aber es wundert mich, dass er spielt, bevor Bach eingetroffen ist.»

«Ach, Maître», ging der Kanzler zu einem vertraulicheren Gesprächston über. «Seien Sie doch nicht so ein Prinzipienreiter! Man könnte meinen, Sie fräßen jeden Morgen einen Löffel Moral mit Soße.»

Die umstehenden Höflinge lachten, und die Gastgeberin trat hinzu, Marchand im Schlepptau. Sie war sich nicht zu fein, ihn an der Hand zu halten, die Finger ineinander verschlungen, ganz im Stile eines Schäferpaares, geradezu ordinär! Volumier registrierte es mit Ingrimm. Madame van Schouten hatte nicht übertrieben, die Baronin und der Hofkompositeur Ludwigs des XIV. – er trug diesen Titel immer noch wie ein Banner vor sich her – schienen sich in der Tat nahegekommen zu sein.

Marchand begrüßte den Direktor der französischen Hofmusik mit einiger Herablassung: «Mein lieber Volumier, es freut mich, dass Sie gekommen sind. Eine gute Gelegenheit, Musik von Weltrang zu hören!»

«Wer spielt diese Musik, wenn ich fragen darf?»

Marchand grinste angesichts dieser Spitze und breitete die Arme aus. «Na, wer wohl?»

Ohne Umschweife kam Volumier auf den Punkt seiner Beschwerde. «Monsieur, es ist gegen unsere Abmachung, die Sie, wenn ich daran erinnern darf, zwar mit meiner Wenigkeit, aber auf Namen und Ehre Augusts des Starken getroffen haben.»

«Welche Abmachung?»

Volumier vermochte nicht zu entscheiden, ob Marchand sich dumm stellte oder tatsächlich nicht verstand.

«Gewiss erinnern Sie sich, Monsieur: die Abmachung, nicht öffentlich aufzutreten, bevor das Tastenduell mit Maître Jean-Sébastien Bach stattgefunden hat. Eine reine Vorsichtsmaßnahme, um die Neugier des Publikums vor dem eigentlichen Ereignis nicht zu ermüden.» Volumier suchte mit Blicken Hilfe bei Flemming, doch der sah nur amüsiert von einem zum anderen.

Marchand nahm diese kalkulierte Zurückhaltung zur Kenntnis. «An die Abmachung erinnere ich mich wohl, doch wer, Monsieur, hat Ihnen den Gedanken eingegeben, dies hier sei ein öffentliches Vorspiel?»

Volumier sah sich um und überschlug die Zahl der Köpfe. Alles in allem mochten es drei Dutzend sein. Der gesamte Hofstaat war zugegen, ausgenommen die Person des Herrschers, doch der pflegte ohnehin als Letzter zu kommen – wenn er denn kam.

«Alle maßgeblichen Personen von Stand sind versammelt. Wie kann man diese Musik denn anders als öffentlich bezeichnen?», fragte Volumier.

«Und doch», kam die Baronin Markowitz Marchand zu Hilfe, «ist dies eine rein private Angelegenheit, Monsieur. Sie befinden sich in meinem Privathaus. Alles Publikum, das Sie hier sehen, folgt meiner persönlichen Einladung. Bis auf eine Ausnahme: Sie selbst.»

Streng ruhte der Blick der Baronin auf Volumier. Der fühlte die Neigung, den Kopf zu senken, doch er hielt der

Miene der Gastgeberin stand. Erneut suchte er Hilfe bei Flemming. Der blickte indes in die Runde, als habe er mit alledem nichts zu schaffen und sei der unschuldigste Teil der Zuhörerschaft.

Volumier holte tief Luft. Er sah ein, dass gegen dieses Komplott kein Kraut gewachsen war. «Monsieur, für den heutigen Tag muss ich mich damit arrangieren. Ich muss Ihnen aber auch sagen, dass ich die Abmachung im Namen meines Fürsten aufkündigen werde, falls es auch nur zu einem weiteren Auftritt vor dem Hauptereignis kommt.»

«Aber wieso denn?», fragte die Baronin. «Jetzt haben Sie sich nicht so verstockt, Monsieur! Wir wollen uns nur ein wenig am Spiel dieses genialen Virtuosen ergötzen. Gerade Sie als Künstler sollten dies am besten verstehen. Wir lauschen Ihrem Orchester doch mit der gleichen Inbrunst.»

Volumier kochte innerlich. Für einen Moment schloss er die Augen, um sich zu sammeln. Dann öffnete er sie wieder und sprach in aller Seelenruhe: «Madame, Monsieur Marchand hat sich bereit erklärt, mit dem größten Tastenvirtuosen, den dieser Landstrich hervorgebracht hat, vor großem Publikum in den Wettstreit zu treten. Unter gleichen Bedingungen, mit exakt den gleichen Chancen auf Sieg oder Niederlage. Allein der Eindruck dieses einen, sorgsam geplanten Moments soll den Ausschlag für die Gunst der Zuhörer geben.»

Die Baronin wies unbestimmt in den Raum. «Sehen Sie Monsieur Bach hier irgendwo? Warum, finden Sie, sollte der Wettbewerb durch diese kleine, unschuldige Musik vorweggenommen sein?»

Volumier schüttelte den Kopf. «Darum geht es doch gar nicht.»

«Erklären Sie es uns, Monsieur Volumier. Worum geht es also?», bat Flemming. Die Schärfe seines Tons hatte zugenommen.

«Wenn Monsieur Marchand fünf Tage vor Monsieur Bach eintrifft und, sagen wir, fünf Konzerte für das Dresdner Publikum gibt, so hat er fünfmal Gelegenheit, das Publikum für sich einzunehmen und die Chancen des Duells zu seinen Gunsten zu verschieben. Das ist, nach den Regeln des Wettbewerbs, unredlich gegenüber Monsieur Bach. Wir müssten Bach, um der Gerechtigkeit zu genügen, dieselben Möglichkeiten einräumen ...»

Flemming runzelte die Stirn. «Sie scheinen Sorge zu haben, dass Monsieur Bach nicht standhält. Dass Monsieur Marchand in den Augen und Ohren des Publikums obsiegt. Sehe ich das richtig?»

Volumier hob die Hände. «Exzellenz, es ist mir persönlich völlig gleichgültig, wer gewinnt. Ich hoffe nur auf einen Wettbewerb, der mit Anstand durchgeführt wird und uns und dem sächsischen Herrscher zur Ehre gereicht. Möge der Bessere gewinnen!»

Als der Musikdirektor geendet hatte – hier und da war applaudiert worden –, trat Marchand vor und ging zum Angriff über. «Mynheer Woulmeyer, mag es sein, dass Ihnen die Rache das Wort führt?»

Allein dass Marchand die flämische Anrede gewählt hatte, brachte Volumier zur Weißglut. Kaum jemand im Saal wusste, dass der Direktor der französischen Hofmusik kein Franzose war. Raunen erhob sich, Volumier stieß Luft zwischen den Zähnen hervor. «Wofür soll ich mich rächen? Sie haben sich mir gegenüber nichts zuschulden kommen lassen», und ergänzte im Geiste: Anders als anderen, die durchaus Anlass zur Rache hätten.

Die Unruhe eroberte den Saal, die Menge begann sich zu spalten. Die einen schienen Volumiers Partei zu ergreifen, andere schlossen sich Marchand an und beharrten darauf, dass das Spiel endlich beginne. Marchands Augenlider waren schmale Schlitze. «Trifft es zu, dass seit dem gestrigen Tag Madame van Schouten in die Wohnung des Direktors der französischen Hofmusik eingezogen ist? Dieselbe Madame, die zuvor bei mir zu leben pflegte und sich als meine Geliebte bezeichnete?»

Volumier lief rot an. «Monsieur, was reden Sie? Was unterstellen Sie mir? Ja, es trifft zu, ich ließ Madame van Schouten in meinem Haus Quartier beziehen – vorübergehend. Aus Hilfsbereitschaft und Ehrgefühl. Das hat rein gar nichts zu bedeuten.»

Vereinzelt wurde gelacht, einige Rufe der Empörung waren zu hören.

Volumier hob die Stimme. «Doch verbindet mich nichts mit jener Dame außer der Tatsache, dass sie meine Landsmännin ist. Und dies – seien Sie versichert, meine Damen und Herren! –, dies ist der einzige Grund, warum ich sie aufnahm. Denn Sie, Monsieur, Sie setzten die Madame vor die Tür, nachdem sie ausgedient hatte.»

Marchand hob die Hände. «Das ist eine infame Behauptung und Beweis dafür, dass insgeheim sie es ist, die Ihnen die Worte in den Mund legt. Madame van Schouten verließ mich aus freien Stücken und eigenem Willen.»

Der kurze Blickwechsel zwischen der Baronin und Marchand entging Volumier nicht. Auch Flemming hatte ihn bemerkt.

Der Kanzler trat zwischen die Kampfhähne. «Mesdames et Messieurs! Wir wollen doch die freudige Erwartung eines einzigartigen Musikereignisses nicht durch einen tumben Streit entweihen. Hören Sie mich an: Monsieur Marchand versichert, dass er nur zu dieser einen, äußerst privaten Gelegenheit eine Probe seiner Kunst geben, sich aber ansonsten der Gunst des Publikums bis zum Wettstreit enthalten wird. Und Sie, Maître Volumier, werden nicht weiter dagegen aufbegehren, da die Idee des Tastenduells durch diesen kleinen Auftritt um keinen Deut geschmälert wird. Im Gegenteil: Die Neugier des Publikums auf Monsieur Marchand wird noch steigen, hat er erst einmal eine Kostprobe seines Könnens gegeben. Was zweifellos in den nächsten Augenblicken der Fall sein wird.»

Niemand stellte sich der Autorität des kurfürstlichen Kanzlers entgegen. Volumier und Marchand warfen einander giftige Blicke zu, verzichteten aber auf ein erneutes Wortgefecht. Flemming nahm Marchand am Arm und führte ihn zum Cembalo. Die Menge folgte den beiden. Marchand rückte in den Mittelpunkt des Interesses, Volumier blieb am Rande zurück. Er wusste von Marchands wunderbarer Musik, wusste, welchen Eindruck der Franzose auf die Menschen machen musste mit seinem Klangzauber, mit seinem delikaten Anschlag und der Geschmeidigkeit seiner Finger, die gerade auf dem Cembalo einen frappierenden Eindruck hinterließen. Der Hofkapellmeister wandte sich ab und verließ den Raum, noch bevor der erste Ton erklang.

AM NÄCHSTEN MORGEN wurde Jean-Baptiste Volumier erneut von den Sangesübungen der Madame van Schouten geweckt. Er wusch und rasierte sich und ging dann, ohne ein Frühstück auch nur in Erwägung zu ziehen, hinüber ins Musizierzimmer. Ihre Stimme klang aus weiter Ferne noch an sein Ohr.

Die Geige lag in ihrem Kasten. Volumier fühlte schon Zärtlichkeit, als er nur das Gehäuse erblickte. Als er den Deckel öffnete, ging ihm das Herz auf. Der Lack ließ das nussbraune Instrument glänzen, der blauseidene Stoff des Innenfutters umschmeichelte die geschwungene Form. Volumier nahm das Instrument vorsichtig heraus und spielte sich warm. Nicht lange, da verstummte Madame van Schouten, deren Stimme durch mehrere Wände hindurch an sein Ohr geklungen war und doch an Lieblichkeit nichts eingebüßt hatte. Sogleich bedauerte Volumier das Verstummen und ließ die Geige sinken.

Da klopfte es. Volumier bat herein, und die Sängerin betrat den Raum.

«Ich wollte Sie nicht unterbrechen, Maître», beteuerte sie. «Darf ich Ihnen beim Proben zuhören?»

Volumier überlegte einen kurzen Moment, dann wies er auf das Canapé.

Als Madame van Schouten sich niedergelassen hatte, nur ein paar Schritte von ihm entfernt, hob er die Geige und begann erneut, Übergänge zu proben. Er schloss die Augen. Einige Bogenstriche nur, dann floss alles wie von allein. Die einzelnen Töne verwandelten sich in eine Melodie, Volumier vergaß alles um sich herum, war mit den Gedanken ganz bei den Läufen, die er spielte, und bei dem Instrument, dem er sie entlockte.

Er schrak zusammen, als er eine ungewohnte Nähe verspürte, und riss die Augen auf. Madame van Schouten stand vor ihm, so nah, dass er die Spiegelung seiner selbst in ihren Augen sah.

«Monsieur», hob sie an, «wie wundervoll zu beobachten, mit welcher Zartheit Sie Ihr Instrument behandeln.»

«Wie denn sonst?», fragte er irritiert und legte die Geige in den Kasten. «Madame, ich weiß um den süßen Schmerz der Musik. Die Saiten schneiden in die Fingerkuppen, wenn man nicht oft genug probt. Aber ja doch, ich liebe dieses Instrument, trotz des Schmerzes! Mein Fürst hat mich bis nach Italien reisen lassen, um es zu erwerben. Ich stand daneben, in der kleinen Werkstatt der Familie Stradivari in Cremona, als es aus dem edelsten Holz geschnitten, als es verleimt und lackiert und schließlich bespannt wurde.»

Madame van Schouten seufzte. «Sie haben recht, Monsieur, unsere Instrumente quälen und entzücken gleichermaßen.»

«Welches Instrument ist das Ihre, Madame?»

«Monsieur, wie Sie wissen, erzeuge ich die Töne mit meinem Körper.»

Volumier schlug den Blick nieder.

«Meine Stimmbänder sind die Saiten, die ich anschlage, mein Bauch ist der Bogen, der die Luft darüberstreichen lässt.» Ohne Vorwarnung nahm Madame van Schouten Volumiers Hand und legte sie auf ihre Hüften. Und als Volumier ihre Beckenknochen durch den weichen Samtstoff hindurch spürte, ließ er es geschehen. Er spürte, wie sie das Zwerchfell straffte und einatmete. Spürte, wie sich ihr gesamter Körper beim Einatmen weitete. Sie schien sich in alle Richtungen ausdehnen zu wollen.

Seine Hand ruhte auf ihrer Taille, während diese sich allmählich rundete. Dann, im Ausatmen, erzeugte Madame einen Ton. Sie hielt ihn lange. Langsam führte sie Volumiers Hand an ihren Hals. Dicht unter dem Kehlkopf waren die Stimmbänder zu spüren. Seine Fingerkuppen ertasteten sie vorsichtig. «Erkennen Sie den Ort, wo der Ton erzeugt wird? Spüren Sie die Vibration?»

Madame van Schouten hatte sich so vor ihn gestellt, dass er ihre Kehle bequem erreichen konnte. Und in der Tat spürte er eine Vibration ganz ähnlich der des Geigenkörpers, wenn er mit dem Bogen einen Ton anstrich.

Als Nächstes legte Madame van Schouten seine Hand gegen die unteren Rippenbögen. Seine Handteller lagen auf den Streben des Korsetts. Beim Einatmen bogen sie sich auseinander. Und Madame atmete tief ein. Dann erklang ein anderer Ton. Auch hier spürte Volumier ein leises Vibrieren, nicht so intensiv wie an den Stimmbändern. Als der Ton verklungen war, ergriff Madame van Schouten erneut Volumiers Hand und führte sie hinauf zu ihrer Brust. In diesem Moment öffnete sich die Tür, und die Hausmagd trat herein. Der Musiker und die Sängerin wirbelten herum.

«Kannst du nicht anklopfen?», fuhr Volumier sie an.

Das Mädchen wurde puterrot. «Verzeihung, Monsieur, ich wusste ja nicht …»

Auf dem Gang gewahrte Volumier eine zweite Person.

«Wer da?», rief er.

Die Hausmagd wandte sich um und drehte sich dann wieder nach vorn. «Ich wollte Besuch vermelden.» Sie stutzte. «Doch der scheint sich bereits wieder zu entfernen …»

Volumier löste sich von Madame van Schouten und eilte der Gestalt hinterher. Es war Friedelena. Als sie sich umwandte, blickte Volumier ihr bang entgegen. Friedelenas Gesicht war wie ein Fels.

«Mademoiselle?»

«Ich wollte lediglich vermelden», erklärte die junge Frau,

«dass mein Schwager eingetroffen ist. Es war Herrn Bach überaus wichtig, Ihnen dies rasch mitzuteilen. Er denkt, dass Sie ihn dringend erwarten. Und dankt für das vortreffliche Quartier.»

Damit wandte sie sich ab und ging. Volumier suchte nach Worten, um sie aufzuhalten. Doch sie war schon fort. Aus der Ferne vermeinte er ein Schluchzen zu vernehmen. Die Beine wurden ihm weich, er musste sich abstützen.

Plötzlich spürte er Madame van Schoutens Hand auf seiner Schulter.

«Lassen Sie mich!» Volumier fühlte einen tiefen Schmerz in seiner Brust.

«Monsieur, wollen wir nicht fortfahren in der Erforschung unserer Instrumente?», erkundigte sich die Sängerin im unschuldigsten Tonfall.

«Lassen Sie mich, Madame, bitte!» Er schüttelte sie ab.

•

ALS VOLUMIER im Lauf des Vormittags das Gerücht erreichte, es gebe ein Orgelkonzert in der Kirche zu Loschwitz, sank seine Laune auf den Tiefpunkt. Er befürchtete das Schlimmste und hatte Marchand im Verdacht, seine Pläne weiter zu durchkreuzen. Oder Flemming. Oder beide.

Volumier begab sich also schnurstracks auf den nahen Altmarkt, wo die Chaisenträger auf Kundschaft warteten. Unversehens ließ er sich zum Loschwitzer Kirchlein außerhalb der Stadt bringen, bei schnellem Schritt eine Dreiviertelstunde Wegs.

Vor der Tür der barocken Dorfkirche tummelte sich das Volk. Das Dresdner Publikum war verrückt nach Musik, vom Mann auf der Straße bis zum Fürsten an der Spitze des Landes. Es würde nicht einfach werden, sich Zutritt zu verschaffen. Die Hofuniform aber würde gute Dienste leisten.

Das Konzert hatte noch nicht begonnen, doch schon jetzt unüberhörbar ging der Name «Bach» von Mund zu Mund. Volumier runzelte die Stirn. Der Zorn formte seine Gesichtszüge und grub sich mit jeder Erwähnung tiefer: Von Marchand erwartete er ja, dass er ihn hinterging. Auch ein zweites und ein drittes Mal. Aber doch nicht von Bach!

Volumier teilte mit den Armen die Massen und schob sich hindurch. Nur selten musste er Nackenschellen verpassen und auf seine Hoftracht verweisen. Die Gemaßregelten beschimpften ihn mit Blicken, ließen ihn aber passieren.

Endlich war er in den zentralen Raum der Kirche gelangt. Auch hier war die Menge schwer zu überschauen. Volumier versuchte, sich Schritt für Schritt Richtung Altar zu schieben, doch es war unmöglich. Schließlich kam er unter der Empore zum Stehen. Dort ging es endgültig nicht weiter.

Er ließ den Blick über die Menge schweifen, und es dauerte nicht lange, bis er ein bekanntes Gesicht entdeckte: Marchand. Der Musiker war, nur einen Steinwurf entfernt, an einen Pfeiler der Empore gelehnt. Den Dreispitz hatte er – wie es sich in einem Gotteshaus gehörte – abgesetzt und hielt ihn in der linken Hand. Als er Volumiers gewahr wurde, neigte er den Kopf kaum merklich zum Gruß. Ein Lächeln umspielte seine Lippen. Obwohl der Ausdruck listig anmutete, war der Hofkapellmeister doch zumindest in dieser Hinsicht beruhigt: Es war nicht Marchand, der sich einen weiteren Vorteil vor dem Dresdner Publikum verschaffte. Und wenn – wie alle Gerüchte behaupteten –

Meister Bach dieses Instrument bediente, so musste man es als ausgleichende Gerechtigkeit bewerten.

Da erklangen die ersten Töne: Pedalläufe von einer Geschwindigkeit, die den Zuhörern Laute des Erstaunens entlockten. Überhaupt war das Publikum hier nicht schweigsam und konzentriert, wie es sich für die Konzerte am Hofe gehörte. Jeder spektakuläre Triller zog ein Raunen nach sich. Das Volk, keine Musikkenner, sondern Bierkutscher und Fassbinder, die es allein des Gerüchtes wegen, einen jungen, aufstrebenden Orgelvirtuosen am Instrument zu erleben, hierher verschlagen hatte, nahm sich das Recht, seinen Gefühlen freien Lauf zu lassen. Auch in einer Kirche.

Es war eine Zwiesprache zwischen Musiker und Publikum, und der Künstler fühlte sich offenbar aufgefordert, sein Spiel so spektakulär wie möglich zu gestalten. Er verstand es, Emotionen zu entfesseln. Volumier musste nur die einfachen Leute beobachten, die mit verzückten Mienen folgten, und er verstand, wie umfassend Musik die Gefühle der Zuhörer erreichte.

Schon wollte sich Volumier ganz dem Genuss hingeben, als er etwas vernahm, das er von Bach nicht erwartet hatte: kleine Verzögerungen, die verrieten, dass die Gedanken dem natürlichen Fluss der Musik nicht ganz so schnell folgten. In den Mittelstimmen begann hier und da eine musikalische Idee, die nicht konsequent verfolgt wurde, sondern im Sande verlief. Ja, es wurde sogar vereinzelt eine falsche Taste angespielt. Für den Bruchteil eines Augenblicks erklang ein Misston, bevor der richtige gefunden war. Für den Hauch eines Moments nur wirkte es verkehrt, doch Volumiers Ohren waren unbestechlich. Er streifte Marchand mit einem Seitenblick. Der lächelte still vor sich hin. Und kaum waren die ersten Takte einer zierlichen Partita erklungen, da öffnete sich dieses Lächeln. Volumier wusste, was sich da auf dem Gesicht des Orgelvirtuosen ausbreitete: Siegesgewissheit. Marchand hatte erkannt, dass er diesem Spiel etwas entgegenhalten, ja, es mit Leichtigkeit übertreffen konnte.

Bach jedoch, davon war Volumier überzeugt, auch wenn er ihn noch nie an der Orgel gehört hatte, traf seine Töne mit absoluter Verlässlichkeit. Er würde in seiner Probenarbeit nicht eher ruhen, bis alles vollkommen war. Mit weniger gab er sich nicht zufrieden.

Nun hielt den Musikdirektor nichts mehr am Platz. Er musste wissen, wer dort am Instrument saß! Also hob er die Ellenbogen, polkte die Umstehenden beiseite und kämpfte sich durch die protestierende Menge hinan, zur Empore hinauf. Einmal auf den Stufen angelangt, hinderte ihn niemand mehr am Aufstieg. Die Menge hatte zwar die heilige Treppe bevölkert, doch auf die Höhen des Olymps getraute sich niemand mehr.

Einzig Volumier wagte, die Plattform zu betreten, auf der der Organist Platz genommen hatte. Ein kleines Menschlein im Angesicht der eindrucksvollsten Maschine ihrer Zeit. Mit aller Kraft und Behändigkeit, die ihm gegeben war, mit seinen Beinen, Händen, Armen, Füßen, mit allen Gliedern, die ihm zur Verfügung standen und die im Vergleich zur Größe der Orgel klein wie die einer Ameise erschienen, brachte er ein Monstrum von silbrig glänzenden Pfeifen und dumpf tönendem Holz zum Klingen. Eine Ameise, die einen Elefanten dressierte.

Und als Volumier allein vor dem Organisten stand, als er die viel zu kurzen Hosenbeine sah und den abgewetzten Anzug, den der Musiker für diesen besonderen Moment angelegt hatte, da sah er, dass es der Jungspund Anton Schulz war, den man unten im Kirchenschiff für den großen Bach hielt. Und Volumier lachte erleichtert auf, während Schulz immer noch mit vollen Händen in die Tasten griff, offenbar ohne den Geiger zu bemerken.

NATÜRLICH HATTE Schulz den Zuschauer auf der Empore doch bemerkt. Und als eine Pause im Spiel entstand, angefüllt vom Applaus der Zuhörer, da nickte er ihm, mit entschuldigendem Gesichtsausdruck, zu.

Und jetzt, wo der Hofkapellmeister den Organisten aus der Nähe beobachtete, kam ihm dessen Spiel noch unbeholfener vor. Die Dreistigkeit, mit der Schulz den Anschein erweckte, er sei Bach, erzürnte ihn. Das Spiel war artig, aber alles andere als inspiriert. Es fehlte auch die Leidenschaft, die einer wie Marchand seinem Spiel verlieh. Die Pedalbehandlung musste den Franzosen dennoch beeindrucken. In Frankreich nutzte man die Pedale nicht so sehr, um Tonläufe zu spielen, sondern nur für gelegentliche Stütztöne im Bass. Alles war auf das Spiel der Hände ausgerichtet. Die vollkommen eigenständigen Stimmen, die Bach dem Vernehmen nach mit seinen Füßen dem Bass entlockte, waren atemberaubend. Eine völlig neue Idee in der Behandlung dieses Instruments, in der Wahl der musikalischen Mittel. Schulz aber – und das erkannte Volumier nun mit seltener Schärfe – war nicht Marchand und nicht Bach, sondern einfach nur Schulz.

Als der junge Mann geendet hatte und erneut Applaus aufbrandete, stand Volumier unbewegt, mit verschränkten

Armen auf der Empore und schaute mit einer Mischung aus Unmut und Verachtung auf Schulz. Der registrierte den Blick und rettete sich fürs Erste in eine weitere Musik, die zwar vom Publikum gefordert, aber in Volumiers Augen durch nichts gerechtfertigt war.

Und so lange, bis Schulz die Zugabe beendet, die Register auf ihre Positionen geschoben und die Tasten mit einem ledernen Tuch bedeckt hatte, enthielt sich Volumier jeder Bemerkung. Er verharrte, immer noch mit verschränkten Armen, nahe der Brüstung, nur ein paar Schritte von der Stiege entfernt, wo die neugierigsten Zaungäste den Musiker, der den Koloss zum Singen bringen konnte, begafften, und ließ Schulz den ganzen langen Weg allein zurücklegen. Und während er sich näherte, schien der junge Mann immer kleiner zu werden. Immer zögerlicher wurden seine Schritte, bis Volumier nicht länger warten konnte, seinem Zorn Luft zu machen.

«Wie können Sie sich erdreisten», donnerte er Schulz ohne Vorrede an, «mit dem Namen Bach hausieren zu gehen?»

Der junge Mann aber schien nicht verstehen zu wollen, worauf Volumier anspielte.

«Überall in der Stadt erzählt man sich, Bach spiele an diesem Ort. Dann komme ich her und finde Anton Schulz. Wie erklären Sie sich das?»

Reumütig senkte Schulz den Kopf. Dann hob er ihn wieder und hielt Volumiers Blick stand. «Sie wissen doch, Maître, die Leute reden gerade so, wie es ihnen gefällt.»

«Und Sie hat dieses Gerede nicht weiter gestört, denn sie durften auf Publikum hoffen, das den großen Bach erwartete, nicht den kleinen Schulz.»

«Angekündigt war ein ‹Spiel in bachischer Manier›,

Monsieur. Nicht mehr und nicht weniger habe ich den Menschen geboten. Das mögen Sie am besten beurteilen können.»

«Wohl wahr, das kann ich beurteilen. Und zwar in seiner ganzen ungehörigen Unart. Sie schlagen, mein Lieber, Profit aus anderer Leute Namen. Das gehört sich nicht. Für einen Künstler schon gar nicht. Machen Sie sich selbst einen Namen, Monsieur!»

Die Miene des Jungspunds war aufrichtig zerknirscht. «Das werde ich, Maître, verlassen Sie sich drauf. Sie werden von mir hören.»

IM ANSCHLUSS an die schulzische Posse beschloss Volumier, Bach in seinem kurfürstlich bestallten Domizil am Neumarkt aufzusuchen. Um dorthin zu gelangen, musste er den teilweise schon aufgehobenen Hof der Frauenkirche überqueren. Grab für Grab wurde geöffnet, die sterblichen Überreste durch Totengräber geborgen, um sie auf offenen Karren zu sammeln und vor die Stadttore zum Elias-Friedhof zu bringen. Die hygienischen Zustände hier im Allerinnersten der Stadt waren untragbar geworden: ein Friedhof inmitten eines der dichtesten Stadtquartiere! Und schon munkelte man vom bevorstehenden Bau einer neuen, großen Kirche durch den Ratszimmermeister George Bähr, für die auf diese Weise Platz geschaffen wurde.

Volumier presste sich ein parfümiertes Spitzentuch vor die Nase, um den Gestank fernzuhalten. Durch die Haufen von Erde und Lehm, durchsetzt mit Fetzen leinener Totenhemden und Knochensplittern musste er hindurch, um zu

Bach zu gelangen. Und so stand er bald, mit lehmgesprenkelten Überschuhen und aller irdischen Eitelkeiten ledig, auf dessen Schwelle.

Friedelena öffnete die Tür zur prachtvollen Zimmerflucht. König August hatte sich als würdiger Gastgeber erwiesen – worüber Volumier freilich nicht in Kenntnis gesetzt worden war. Man nahm ihm das Heft aus der Hand, ohne ihn von seiner Verantwortung zu befreien.

Als Friedelena den derangierten, immer noch mit dem Spitzentuch bewaffneten Volumier erblickte, verschloss sie ihre Gesichtszüge. Sie sprach kein Wort, und allein ihr Schweigen fuhr Volumier direkt in die Brust.

Bevor er zu sprechen anhob, ließ er das Tuch sinken und atmete tief ein. «Es ist nicht so, wie es scheint, verehrtes Fräulein. Die Madame, der Sie in meinem Haus begegneten, logiert lediglich für ein paar Tage dort. Ich half ihr aus einer Notlage. Wir musizierten. Glauben Sie mir, dass meine Verehrung für …»

«Wer ist dort?», vernahm Volumier Bachs sonoren Bass aus der Kammer.

Friedelena wandte sich um und rief ihm zu: «Meister Volumier.»

Dieser hörte Stuhlbeine scharren und Dielenbretter knarren. Friedelena trat zur Seite, und der Musiker erschien im Durchgang. Sogleich ergriff er Volumier beim Arm.

«Monsieur, Sie schickt der Himmel!»

Bach zog ihn herein. Noch bevor sie das Tischchen erreicht hatten, an dem er, offenbar Briefe lesend, gesessen hatte, begann er schon zu lamentieren:

«Maître, Weimar ist kein Ort mehr für mich. Der Fürst bedrängt mich, immer mehr Aufgaben zu übernehmen. Mit Worten schätzt er meine Kompositionen, verlangt täglich neue, doch die Entlohnung in Heller und Pfennig sichert nicht das Überleben. Mein Haushalt ist groß. Neben meiner Frau und den vier Kindern trage ich Sorge für meine Schwägerin.»

Volumiers Blicke suchten Friedelena. Aber die hatte sich in einen entfernten Bereich der Zimmerflucht zurückgezogen. Volumier sann ihr hinterher, und da Bach ebenfalls schwieg, ergab sich ein Moment der Stille. Als Volumier wieder aufsah, blickte er in Bachs Augen. Der Musiker hatte ihn wohl die ganze Zeit beobachtet.

«Seien Sie unbesorgt», sagte Volumier nun, «mein Fürst wird Sie für Ihren Reiseaufwand und selbstverständlich auch für das Vorspiel entlohnen. Selbst für den Fall, dass Sie, was ich nicht glaube, im Wettstreit der Unterlegene sein sollten.»

Bach machte eine abwehrende Geste. «Dieser ganze Wettbewerb ist mir unbehaglich. Wenn man Gott mit seiner Musik nicht ehrt, ist sie nur ein teuflischer Lärm und Krach. Meine Kunst ist dem Höchsten geweiht und nicht dem Privatvergnügen der Hofschranzen. Und schauen Sie sich hier um, Monsieur! Dies ist alles eitel Prunksucht!»

Mit weiter Geste wies Bach in den Raum. Der Glanz der Stoffe, die Pracht des Stucks an Decken und Wänden waren eines Palastes würdig. August hatte ihn im ersten Haus der Stadt untergebracht. Und Bachs Charakter damit offenbar völlig verkannt.

Vor Verblüffung über den Ausbruch vergaß Volumier, eine Antwort zu geben. In sein Schweigen hinein setzte Bach nach: «Die Eitelkeit, Monsieur, ist eine Todsünde. Und diese Stadt, mit Verlaub, strotzt vor Eitelkeiten. Ich möchte einer Sünde keine Nahrung geben.»

Volumiers Kehle wurde trocken. Nur schwer fand er

zur Stimme zurück. «Worauf wollen Sie hinaus, Meister Bach?»

Der Musiker versank in ein Brüten. Friedelena trat neben ihn und berührte ihn sanft an der Schulter. Eine beinahe zärtliche Berührung. Volumier spürte ein Gefühl in der Brust, das neu für ihn war: ein Stechen, ein Entzweizerren – war das Eifersucht? Wie um seinen Verdacht zu erhärten, nahm das Gefühl noch zu, als Bach nun die Hand seiner Schwägerin ergriff und sie versonnen streichelte.

Volumier versuchte, Friedelenas Blick einzufangen, doch sie wich ihm aus.

Endlich, Volumier deuchte es eine beinahe ewig lange Zeit, entließ Bach die Schwägerin und verbarg stattdessen sein Gesicht in den Händen. Es war ein Ausdruck größter Besorgnis, ja, der Verzweiflung. Immer wieder strich er sich über die Wangen, beinahe so, als wolle er sich reinwaschen, und begann dann, in getragenem Tonfall zu sprechen:

«Maître, bitte verzeihen Sie, dass ich nicht in der Offenheit reden kann, die Ihnen zusteht. Noch nicht. Aber mein Entschluss ist gefällt, ich werde den weimarischen Dienst quittieren.»

Auf diesen schweren Satz folgte ein ebenso schweres Seufzen. Bach fuhr fort, indem er jedes Wort betonte: «Ein neuer Dienstherr, der meine Talente zu schätzen weiß, sollte exakt jetzt, in diesem Moment, an mich herantreten, Monsieur. Es gibt bereits Höfe, die Interesse gezeigt haben. Doch noch habe ich mich nicht entschieden …»

Volumiers Mund wurde spitz. «Monsieur, Seine Majestät der König hat dazu keinerlei Weisung erteilt. Ich halte den Zeitpunkt für zu früh, um überhaupt darüber zu reden. Sicherlich besteht er zuvörderst auf einer Probe Ihres Könnens, Maître, und zu diesem Zweck ist doch der Wettbewerb mit Monsieur Marchand bestens geeignet. Wenn Sie, Meister Bach, sich gnädigst gedulden und dann, nach dem Tastenduell, in einem geeigneten Augenblick an Seine Majestät den König herantreten wollten? Das wäre meines Erachtens der rechte Weg.»

Bach nahm Volumier fest in den Blick. «Würden Sie mich denn, verehrter Maître Volumier, darin unterstützen?»

Dem Hofkapellmeister wurde heiß unter der Halskrause. Er hob die Schultern und ließ sie wieder sinken. «Soweit ich weiß, ist Seine Majestät der König derzeit nicht auf der Suche nach einem Hoforganisten. Herr Petzold ...»

«Ich weiß, ich weiß», fuhr Bach ihm ins Wort. «Mit diesem Amte würde ich mich ohnehin nicht begnügen. Der Rang eines Hofkapellmeisters und Hofkompositeurs ist das Mindeste, Monsieur.»

Volumier hüstelte. War dies derselbe Bach, der von der Eitelkeit als einer Todsünde gesprochen hatte?

«Ich kenne meinen Wert und werde nicht eher ruhen, als bis ich ihn erzielt habe», beharrte Bach trotzig. Und zur Erklärung fügte er hinzu: «Sie wissen, Monsieur, das Leben als Künstler ist ein zutiefst unsicheres. Dies Unstete macht mich krank, es hindert meine Arbeit! Ich ziehe nun schon beinahe ein Jahrzehnt von Anstellung zu Anstellung. Alle Welt liebt meine Kunst, und doch muss ich täglich um ihr Niveau kämpfen, mit mittelmäßigen Instrumenten und launischen Fürsten umgehen. Ich bin es leid, Monsieur!»

Bach hatte seine Stimme mehr als nötig erhoben. Volumier sah ihn unverwandt an. Von dieser fordernden Seite hatte er den Virtuosen noch nicht erlebt. Dennoch nickte er verständnisvoll. Es war die Sorge, die jeden Künstler ihrer Zeit umtrieb: ein festes Auskommen bei einem zuverlässigen und kunstliebenden Mäzen zu finden. Darin glich

Bach dem Schulz und Schulz dem Marchand, und allesamt glichen sie Volumier: Allein ein fürstlicher Brotherr bot eine gewisse Sicherheit – zumindest so lange, bis dessen Nachfolger sich andere Lieblingskünstler auserkor …

«Ist Monsieur Marchand schon in der Stadt?», fragte Bach da.

Volumier zögerte. Dann nickte er.

«Kann ich ihn treffen?»

Der Direktor der französischen Hofmusik wurde hellhörig. «Was versprechen Sie sich davon?»

«Wir müssen die musikalischen Aufgaben absprechen. Oder wie stellen Sie sich das vor?»

Auf diese Frage war Volumier vorbereitet: «Am Vorabend des Tastenwettstreits werden Sie zwei Billets austauschen. Ich werde der Bote sein. Auf dem Ihrigen stehen die Aufgaben für Monsieur Marchand. Ich werde sie ihm aushändigen. Und er wird mir die Aufgaben, die er sich für Sie ausgedacht hat, ebenfalls niederschreiben. Auf dem Rückweg werde ich Ihnen seine Notizen überbringen. Sie haben den Abend und die Nacht Zeit, sich vorzubereiten. Dann gilt es.»

Bach zog die Nase kraus. «Ich benötige keine Vorbereitungszeit. Von mir aus mag er die Aufgaben vor Ort präsentieren. Meinetwegen mündlich. Das alles soll mir recht sein.»

Volumier richtete sich auf. «Das Prozedere ist bereits mit Seiner Majestät dem König und Gastgeber des Abends sowie seiner Exzellenz Kanzler Flemming und ebenso mit Monsieur Marchand abgesprochen. Es wird auf exakt diese Weise durchgeführt werden – oder gar nicht.»

Bach warf Volumier einen hitzigen Blick zu. Volumier biss sich auf die Zunge. Warum hatte er die Möglichkeit des «Gar nicht» bloß aufs Tapet gebracht?

Aber dann sprach Bach Worte, die Volumier beruhigten: «Wenn Seine Majestät der König es so wünschen, dann soll es sein.»

VOLUMIER HARRTE im Vorzimmer aus. Der Herrscher ließ ihn warten und Volumier ausreichend Zeit, sich Sorgen um seine Stellung zu machen. Was, wenn August Marchand als den geeigneteren Kandidaten für das Amt des Hofkomponisten empfand? Marchand war jünger als er selbst, französischer als er selbst, strahlender als er selbst. In den wenigen Tagen seines Aufenthalts hatte er es zum Stadtgespräch gebracht, während Volumier seinen Ruf am Hofe jeden Tag aufs Neue verteidigen musste.

Als Mensch mochte König August Marchand näher sein. Als Herrscher aber musste er doch an einem Hofkapellmeister interessiert sein, der sein Herz Gott und dessen Lob geweiht hatte – und nicht der Damenwelt. Es musste dem Fürsten gelegen sein an einem zuverlässigen Menschen, wie er selbst, Volumier, einer war, und keinem dahergelaufenen Hallodri, der morgen das leugnet, was er gestern noch geliebt hat. Gewiss, Marchands Musik berührte das Herz, wie auch Bachs Musik, wie einfach jede von Herzen dargebrachte Musik auch das Herz der Zuhörer berührte. Aber konnten einem Herrscher menschliche Unzulänglichkeiten gleichgültig sein? Musste nicht ein Künstler, der den hehren Titel eines Hofkompositeurs trug, einen untadeligen Lebenswandel vorweisen? Volumiers Vertrauen in August wäre unendlich erschüttert, würde er nicht den zuverlässigsten Menschen auswählen, den er für das Amt finden konnte.

Da wurde er hereingerufen. August und Flemming erwarteten ihn. Die Höflichkeit, mit der er behandelt wurde, war außerordentlich.

«Lieber, verehrter Maître Volumier!», ergriff der Herrscher das Wort. «Wir sind Euch über alle Maßen zu Dank verpflichtet, da es Euch gelungen ist, zwei Ausnahmekünstler zur gleichen Zeit in unsere Residenz zu locken.»

Volumier übte sich in einer bescheidenen Verbeugung.

Dann trat Flemming heran. «Aber findet Ihr denn nicht, Monsieur Volumier, dass es zu schade wäre, so große Musiker wie Monsieur Marchand und Monsieur Bach in der Stadt zu haben und sie nur ein einziges Mal spielen zu hören? Den ganzen Aufwand zu betreiben – nur für ein einziges Konzert?»

Volumier wusste gleich, worauf das abzielte. Man wollte nicht nur eine Tasse Schokolade, sondern zwei, drei, eine Kanne voll. Es war die maßlose Gier des Kindes, die sich im Wunsch der hohen Männer äußerte. Dessen, was man liebte, konnte man nicht genug bekommen: die Frauen, die Kunst, die Preziosen, das Porzellan, die Waffen. Doch in der Kunst galt das rechte Maß. Und das rechte Maß war dem Mangel näher als dem Überfluss. Zumindest war das Volumiers feste Überzeugung. Aber wie sollte er diese Haltung einem Fürsten wie August vermitteln?

Volumier atmete tief durch, um eine gelassene Stimmlage zu finden. «Verehrte Majestäten und Exzellenzen, in der Kunst verhält es sich, wenn Ihr erlaubt, anders als in der Herrschaft: Der Hunger erhöht den Genuss der Speise.»

August verengte seine Augen. «Was redet Ihr wie das Orakel von Delphi, Maître Volumier? Seht Ihr Euch in der Lage, Uns Ratschläge zu erteilen?»

«Verzeiht, Sire, aber das Publikum fiebert dem Tastenduell entgegen. Wenn wir noch eines und noch eines zu Gehör bringen, dann wird es vor der Zeit ermüden, und niemand wird sich mehr für den eigentlichen Wettstreit interessieren.»

«Es handelt sich nicht um noch eines und noch eines», erläuterte Flemming. «Jeder von beiden soll die Möglichkeit haben, das Publikum mit je einem einzigen Konzert auf seine Seite zu ziehen, bevor sie persönlich gegeneinander antreten.»

«Wir sind der Meinung», sprang August seinem Kanzler bei, «dass dies die Spannung des Publikums und die Neugier auf das Duell zu steigern geeignet ist.»

«Aber Marchand», wandte Volumier ein, «hat doch bereits gespielt. Im Palais der Baronin Markowitz. Seine Exzellenz der Kanzler wird davon gehört haben. Ich wähnte ihn anwesend», brachte Volumier in Erinnerung, nicht ohne Schärfe im Ton.

August winkte ab. «Dieses Konzert war ein Privatkonzert der Baronin und keine Angelegenheit des Hofes.»

«Dennoch war fast der gesamte Hofstaat zugegen. Man kann es wohl kaum als ein Privatkonzert bezeichnen, wenn das Publikum jenem entspricht, das jedes höfische Konzert in Dresden besucht.»

Während Volumier dies aussprach, bemerkte er, dass August ihn immer strenger in den Blick nahm. Schon als jener Atem holte, wusste er, was folgte. Vorsorglich senkte er in Demut den Kopf. So empfing er Augusts Vorwurf.

«Mit welcher Impertinenz widersetzt Ihr Euch dem Befehl Eures Herrschers, Herr Hofkapellmeister?»

Volumiers Kehle wurde trocken. «Verzeiht, Sire. Ich gebe lediglich Empfehlungen, wie es meiner Pflicht als Experte Seiner Majestät in den Angelegenheiten der Musik ist. Meine Bescheidenheit verbietet es, Euch, Sire, zu widersprechen.»

«Das müsst Ihr nicht erst darlegen, Monsieur le Directeur, das ist Uns bekannt! Hört auf, Uns zu belehren!»

Volumier entbot einen tiefen Kratzfuß. «Ich erwarte untertänigst die Entscheidung König Salomos ...»

Die Anspielung auf den weisen Herrscher des Alten Testaments erfüllte ihren Zweck: Sie appellierte an Augusts Demut. Volumier verharrte in der Verbeugung. Am Schweigen des Herrschers jedoch spürte er, wie sehr August grübelte, bevor er, ohne sich mit dem Kanzler besprochen zu haben, seine Entscheidung verkündete: «So höret, Monsieur le Directeur, wie der weise König Salomo entschieden hat. Ich habe Eure Argumente begriffen, dass Monsieur Marchand einen gewissen Vorteil daraus gezogen hat, dass er einige Tage vor dem Monsieur Bach in der Stadt weilte und sich das hiesige Publikum gewogen machen konnte, indem er in einem Konzert vor einem Teil des Hofstaats seine Tastenkunst bereits zu Gehör brachte. Es heißt nicht weniger als der Gerechtigkeit Genüge tun, wenn wir Monsieur Bach die Gelegenheit geben, seinerseits eine Probe seiner Kunst zu geben. Wir tun also kund und zu wissen: dass Maître Jean-Sébastien Bach die Orgel zur sonntäglichen Messe des Hofes spielen soll. Somit ist vollständige Gerechtigkeit hergestellt, wenn am Abend desselbigen Tages im Palais Seiner Exzellenz des Kanzlers Flemming der schon jetzt berühmte Tastenwettstreit von Dresden seinen Lauf nehmen wird. Und zwar in derartigen *modicis* wie vom ehrwürdigen Hofkapellmeister vorgeschlagen. Ich weise also an, Euer Exzellenz, Monsieur, die notwendigen Vorkehrungen zu treffen, dass alles wie beschlossen und verkündet stattfinden kann.»

August wandte sich ab und eilte einem mit Blattgold verzierten Tisch entgegen, auf dem mehrere Aktenstapel und Schriftstücke lagen. Ferner das königlich polnische Siegel und Wachs.

Flemming wechselte noch ein paar Worte mit Volumier, deren Inhalt dieser nur oberflächlich wahrnahm. Innerlich jubelte er. Die Verfahrensweise, die August gewählt hatte, verbesserte die Chancen Bachs. Und Bach gönnte er den Sieg tausendmal mehr als Marchand, dieser Kanaille!

AM ANGEWINKELTEN ARM führte Volumier Madame van Schouten zur königlichen evangelischen Schlosskapelle. Der gewählte Ort des Geschehens war ein ungewöhnlicher. Doch Volumier konnte das Arrangement durchaus nachvollziehen: Nachdem August der Starke – um König von Polen zu werden – zum Katholizismus übergetreten war, waren die Messfeiern des Hofstaates in das zur Kapelle umgebaute Opernhaus am Taschenberg umgezogen. Dort jedoch gab es keine Orgel. Wollte man Bach zur Messe spielen hören, war dies der einzig geeignete Ort. Und auf diese Weise – das freute Volumier ganz besonders – kam die alte evangelische Kapelle im Schloss zu Ehren wie auch ihre einstmals berühmte, inzwischen über hundert Jahre alte Fritzsche-Orgel. Anders als die lichten Schlosskapellen in Pillnitz oder Moritzburg verkörperte die Kapelle des Dresdner Stadtschlosses noch die Strenge der ursprünglichen Reformation. Der Raum mit seinen tiefen, gedrungenen Gewölben atmete den Siegeszug Luthers in Sachsen. Über hundert Jahre lang war dieser Raum mit seinen vom

Ruß geschwärzten Decken der Mittelpunkt der Glaubenserneuerung gewesen – bis zur Konvertierung des Herrschers aus Gründen der Machtpolitik.

Die Lichter hatten die Gewölbe mit den Jahren verrußt. Der Altar war mit einfachem Tuch verhängt, und nur wenige Ornamente schmückten die Wände. Dennoch – oder vielleicht gerade deshalb – war dies ein Ort großer Feierlichkeit und Gottergebenheit und musste Bach gefallen.

Vor Beginn des Gottesdienstes vermischten sich die Geschlechter und pflegten Konversation. Volumier stellte Madame van Schouten als neueste Sangeskraft seines Hoforchesters vor. Doch dass sie an seinem Arm hing und diesen auch im Angesicht Gottes nicht losließ, führte offenbar zu dem Trugschluss, dass ihrer beider Verbindung nicht nur beruflicher Natur war. Volumier registrierte die Blicke der Höflinge und stellte überrascht fest, dass in den Augen der meisten Anerkennung lag. Er musste sich eingestehen, es schmeichelte ihm erheblich. Madame strahlte neben ihrem zukünftigen Vorgesetzten und empfing Komplimente. Doch plötzlich spürte Volumier, wie sie erstarrte. Ihre Glieder wurden steif und unhandlich, ihre Miene gefror, und ihre Lippen spitzten sich. Erschrocken und beinahe lautlos entließen sie das Wort: «Monsieur!»

Volumier wandte sich ihr zu. «Madame?»

«Marchand», antwortete sie stockend, «dieser Tunichtgut!»

«Marchand?», Volumier verstand nicht. «Was ist mit ihm?»

«Er ist hier.»

«Unmöglich!», beteuerte Volumier. «Er ist kein Mitglied des Hofstaates. Wie sollte er ins Schloss gelangen?»

Madame van Schouten senkte die Stimme. «Er ist es. Verkleidet.»

«Verkleidet? Er treibt Mummenschanz im Angesicht des Herrschers?»

Madame van Schouten bestätigte das Ungeheuerliche: «Angetan im Kostüm seiner Wohltäterin!»

Volumier, der selten lachte, konnte sich in diesem Moment nicht beherrschen. Laut prustete er heraus. Die Umstehenden sahen ihn an. Vom munteren Geplauder musste hier niemand Abstand nehmen, doch Gelächter war verpönt.

Volumier riss sich zusammen. «Sie behaupten, Monsieur Marchand entblöde sich nicht, sich in Frauenkleidern einzuschleichen?»

«Ich bin mir vollkommen sicher.»

«Aber niemand würde ihn für die Baronin Markowitz halten. Die Dame ist hinreichend bekannt!»

«Er versteckt sich hinter einem Fächer. Niemand schöpft Verdacht ...»

«Oder alle wissen um die Komödie und genießen sie», fügte Volumier, der die Hofgewohnheiten kannte, hinzu.

In diesem Moment verstummte alles Gespräch. August der Starke und seine Gattin, Kurfürstin Eberhardine, betraten das Gewölbe. Seit ihrer Konvertierung hatten August und seine Gemahlin diese Gewölbe nicht mehr besucht. Das Erscheinen der Regenten war überdies das Signal, sich nach Geschlechtern getrennt aufzuteilen. Allein dem Herrscherpaar und dem Oberhofprediger waren Sitzgelegenheiten vorbehalten. Die übrigen Damen standen auf der linken, die Herren auf der rechten Seite des Mittelgangs. So entwirrte sich das bunte Knäuel und ordnete sich nach der Strenge und Sitte des Hofprotokolls. Allein Marchand, schoss es Volumier durch den Kopf, durchbrach diese gottgewollte Ordnung. Vor nichts hatte dieser Mann Respekt, nicht vor seinem Herrscher, nicht einmal vor Gott! Der leichtfüßige Katholizismus, der jede Sünde durch eine Beichte egalisieren konnte, war – so Volumiers Überzeugung – die Verderbnis der Menschheit.

Als die Menge verstummte, erklangen die ersten Töne der Orgel. Bach setzte mit langsamen, beinahe schwerfälligen Pedalläufen ein. Volumier runzelte die Stirn. Doch schnell durchschaute er die Absicht des Künstlers: Allein die tiefen Pfeifen waren geeignet, die Stimmung nach dem aufgeregten Gezwitscher der *Rencontres* zu beruhigen und Gott zuzuwenden.

Bach improvisierte über dem Choral «An Wasserflüssen Babylon», doch Volumier war sich sicher, dass er einer der wenigen war, die dies erkannten, so vielfach verwoben entfalteten sich die Gegenstimmen rund um die versteckte ursprüngliche Melodie. Der Organist spielte nicht äußerlich virtuos, doch brachte er jede Stimme auffällig zu eigenem Leben und zu würdevoller Bedeutung. Wenn man darüber nachdachte – und das Bach'sche Spiel gewährte Kontemplation und Muße nachzudenken –, lag die Aussage nahe, dass Bach in Dresden, wie er es kennengelernt hatte, ein Babylon sah …

Jedes der Lieder führte Bach in dieser Weise aus – äußerlich bescheiden, doch von innerer Vielfalt beseelt –, und Volumier bemerkte, wie die Aufmerksamkeit der versammelten Gemeinde weniger beim lutherischen Oberhofprediger lag als bei den Tönen, die von der alten Orgel über dem Altar erklangen. Man lechzte förmlich nach der nächsten Musik und mit jedem Mal mehr darauf, dass die

Sensation, derentwegen hier alle zusammengeströmt waren, endlich erklang.

Doch auch die milde, die Seelen nach innen wendende Improvisation, die das heilige Abendmahl begleitete, verblieb in Bescheidenheit und Zurückhaltung. Schon machte sich Enttäuschung breit, schon spitzten die Lästermäuler die Lippen, als mit dem Schlusssegen und der Entlassung der Gemeinde ein Sturm über das Gewölbe hereinbrach, der alles hinwegfegte. Der Kirchenraum wurde durchbraust von einer gewaltigen Fuge, die reicher war als alles, was Volumier kannte. Das Thema wanderte nicht nur nach den Regeln der Kunst durch alle Stimmen, sondern verflocht sich auf kühnste Weise mit seinen Gegenstimmen, wurde aus allen Perspektiven beleuchtet, in Frage gestellt, bestätigt, gewendet und gedreht, erschien in den unterschiedlichsten Varianten vom französischen Duett bis hin zu einer Art verspieltem italienischem Concerto und, das war wohl das Erstaunlichste dabei, türmte sich nicht nur zu überwältigender musikalischer Architektur, sondern steigerte sich auch in eine erhebende Leidenschaft, die die Hörer zutiefst ergriff. Nicht einzelne Stimmen glänzten hervor, nein, vielmehr spannte sich ein atmender Klangraum in die Gewölbe und entrückte die Zuhörer in höhere Gefilde. Die Musik trug die Seelen der Gemeinde empor und richtete sie wie die Nadel eines Kompasses auf den Höchsten aus. Es war der Klang gewordene Dienst an Gott, der die Gläubigen in den Bann zog. Und obwohl das Stück ihren Auszug aus der Kirche begleiten sollte, verließ niemand den Ort. Alle harrten aus, den Kopf erhoben oder schräg gelegt, um keinen Ton der Melodiestimmen, die Bach zu einem magischen Gewebe verknüpfte, zu verpassen. Und als der letzte Ton verklungen war, stand die Menge still und wagte nicht, irgendein Geräusch zu machen. Volumier hatte Tränen in den Augen. Seine zum Himmel erhobene Seele wollte einfach nicht in den Körper zurücksinken.

DER KIRCHENRAUM hatte sich schon beinahe zur Gänze geleert, als Madame van Schouten an Volumiers Seite trat.

«War das nicht wunderbar?», fragte sie ihn mit verklärtem Blick.

Doch Volumier hatte nur eine einzige Frage: «Wo ist die Dame, die Sie für Marchand hielten?»

Die Sängerin sah sich um. Die letzten Gläubigen verliefen sich in der Kapelle. «Eben noch habe ich sie gesehen ... Oder sollte ich sagen: ‹ihn›?»

«Gleichgültig ob ‹sie› oder ‹ihn›, wir müssen die Person finden. Wenn es wirklich Marchand war, muss ich wissen, welchen Eindruck diese Musik auf ihn gemacht hat.»

Madame van Schouten verstand und nickte. «Gehen wir! Ich denke, er – oder sie – ist dort hinaus.»

Volumier ließ sich aus der Schlosskapelle ziehen. Die Sängerin orientierte sich kurz, als sie zur Brühlschen Terrasse hinaus vor das Gebäude trat. Eine Gestalt in Frauenkleidern hetzte die Treppe hinauf zum Palais des Zweitgeborenen. «Da ist er!», rief Madame van Schouten aus, und Volumier und seine Begleiterin setzten ihm nach.

«Marchand!», rief Volumier, schon lange bevor sie ihn erreichten. «Marchand!»

Die «Dame» hatte mit der Beschaffenheit ihres Gewandes zu kämpfen. Sie stolperte über den Saum des Reifrockes und strauchelte mehr die Treppen hinauf, als dass sie lief.

Als Volumier und van Schouten fast heran waren, wandte sich die Flüchtige um, und auch Volumier erkannte nun Marchands Gesichtszüge. Sie waren entstellt von Zorn und Anstrengung. Der Puder lief in Strömen hinab. Das ohnehin aufgedunsene Gesicht des Franzosen war geschwollen wie der Kamm eines Truthahns.

«Lassen Sie mich!», wollte Marchand die Verfolger abwehren. Doch als er endlich am oberen Ende der Freitreppe angelangt war, mangelte ihm derart der Atem, dass er innehalten und verschnaufen musste.

Auch Volumier war froh, dass die Jagd ein Ende hatte. «Sie haben», stieß er aus, «gegen die Bedingungen des Tastenduells verstoßen!»

Marchand war zu atemlos, um sich zu rechtfertigen. Wie ein Orgelbalg sog er Luft ein und stieß sie in langen Zügen wieder aus.

«Indem Sie ihn spielen hörten, haben Sie sich einen Vorteil gegenüber Meister Bach verschafft!», fuhr Volumier fort.

«Lassen Sie mich in Ruhe mit Ihrem vermaledeiten Duell!»

«War dies nicht eine himmlische Musik?», mischte sich Madame van Schouten ein, während sich die Männer mit Worten duellierten. «Nie zuvor habe ich Derartiges gehört.»

«Was wollen Sie damit sagen, Monsieur?», fragte Volumier.

Marchand war wieder zu Atem gekommen und machte Anstalten, sich zu entfernen. Volumier aber hielt ihn am Arm zurück. «Auf den Nachmittag werde ich Ihnen die Aufgaben des Maître Bach überbringen, Monsieur. Und ich erwarte, dass Sie zu Ihrem Wort stehen!»

Marchand ließ ihn ohne Antwort zurück. Ratlos sah Volumier seine Begleiterin an. Und die blickte ebenso ratlos zurück.

•

VOLLER DEMUT durchquerte Volumier am frühen Nachmittag erneut das Feld aus Knochensplittern und Totenhemdfetzen – ein Leichentuch, das der Teufel selbst über den alten Frauenkirchhof gebreitet zu haben schien. Es berührte ihn, durch dieses Feld der Sterblichkeit zu einem zu gelangen, der der Unsterblichkeit näher stand als jeder andere.

Der Hofkapellmeister klopfte an. Friedelena öffnete. Ihr Anblick traf Volumier mit Wucht. Sie hingegen wurde abermals kühl, als sie ihn sah.

«Mademoiselle», entfuhr es ihm.

«Sie wünschen, Monsieur?»

Volumier rang um Fassung. Dann entschuldigte er sich, ohne zu wissen, wofür.

Friedelena antwortete nicht. Stattdessen wiederholte sie ihre Frage: «Was wünschen Sie von uns, Monsieur?»

Der Hofkapellmeister atmete tief durch, um sich zu erklären, als Bach bereits herantrat. Er schien ungeduldig, da Monsieur Volumier immer noch zögerte. Brummelnd bat er ihn herein.

Volumier platzte heraus: «Meister, Ihr Orgelspiel am Morgen war, ich kann es nicht anders sagen, himmlisch!»

«Man muss nur die göttliche Ordnung, die in dieser Welt und also auch in der Musik waltet, zur Anwendung bringen», sagte Bach. Und fügte hinzu: «Da ich nun schon vor Seiner Königlichen Majestät eine Probe meines Könnens gegeben habe, ist doch dieser kindische Wettstreit vollkommen unnötig, nicht wahr?»

Volumier schoss die Farbe ins Gesicht. «Monsieur, Sie gaben mir Ihr Wort!»

Bach seufzte. «Solch ein Wettbewerb ist nicht gottgefällig. Er ist eitel und hochfahrend. Und die Eitelkeit ist, das wissen Sie, Monsieur Volumier – *superbia!* – eine Todsünde.»

«Eine Sünde ist es, den Menschen herausragende Kunst vorzuenthalten, Monsieur Bach. Das Dresdner Publikum dürstet nach diesem Wettstreit der Virtuosen. Und das Dresdner Publikum ist weitaus größer als die Handvoll hoher Herrschaften, denen Sie am Morgen Ihre Kunst darboten.»

Bach schwieg nachdenklich.

«Darf ich Sie bitten», ergriff Volumier die Gelegenheit, «Ihre Aufgaben für Monsieur Marchand zu notieren?»

Mit einem Seufzen zog Bach einen offenbar vorbereiteten Umschlag heraus. Erleichtert nahm Volumier ihn entgegen, denn dass der Musiker sich an diese Verabredung hielt, sollte doch wohl bedeuten, dass das Duell wie ausgemacht stattfinden konnte.

«Ich werde eilen, Maître Marchand Ihre Anforderungen mitzuteilen. Und Ihnen im Gegenzug dessen Billet überbringen.»

Bach wandte sich mit beinahe angewidertem Gesichtsausdruck ab. «Tun Sie, was Sie nicht lassen können, Monsieur.»

Marchand war im zweitprächtigsten Haus am Platze einquartiert worden, nicht weit von Bachs Domizil entfernt, auf der anderen Seite des Kirchhofs. Ein weiteres Mal musste Volumier, Taschentuch vorm Gesicht, seinen Weg über den umgepflügten Gottesacker suchen. Ein leichter Regen hatte die Lehm- und Knochengebirge in glitschige Hindernisse verwandelt.

Volumier befreite sich am Kotabstreifer vom Dreck und ging dann hinauf in die erste Etage. Wacker kämpfte er gegen die Neugier an, das Billet zu lesen. Zwar hätte niemand es bemerkt, denn der Umschlag war nicht gesiegelt. Doch Volumier hatte seine Leidenschaften im Griff.

In der Beletage angekommen, musste er sich orientieren. Da vernahm er einen lautstarken Streit. Eine Frauenstimme war von der eines Mannes deutlich zu scheiden. Der Instinkt sagte Volumier, dass in ebenjener Richtung Marchand zu finden sei.

In der Tat war die Männerstimme die des Tastenkünstlers. Die andere schien der Baronin Markowitz zu gehören. Hinter zwei Zoll Holz, über denen Volumier seine Fingerknöchel einen kurzen Moment verweilen ließ, stritt das Paar lautstark in einem verwegenen Mischmasch von Französisch und Deutsch. Volumier wollte nicht hören, worum es ging, wollte nicht folgen, denn er wusste, in solchen Momenten brachen sich die unverstellten Gefühle Bahn. Niemand dachte mehr nach, niemand nahm mehr Rücksicht, man ließ die nackten Empfindungen frei.

Solche Momente waren es, die Volumier ängstigten. Der Blick in die Abgründe der Seele versetzte ihn regelrecht in Panik. Am liebsten wäre er fortgelaufen. Doch das Publikum erwartete das Duell, wollte sich laben am Triumph des einen, an der Niederlage des anderen. Die Untertanen genossen das Schauspiel von Macht und Ohnmacht ebenso wie die Herrscher.

Entkräftet ließ Volumier den Knöchel aufs Holz fallen. Augenblicklich verstummten die Stimmen. Volumier hielt mit angehaltenem Atem inne. Nach einer Weile schwenkte die Tür auf. Marchand stand im Rahmen, die Perücke in Strähnen, das Hemd geöffnet. Umrahmt von Brüsseler Spitze, bot er Volumier die spärlich behaarte Brust dar. Sein Gesichtsausdruck war wutverzerrt, entbot aber doch einen gewissen Respekt, als er Volumiers ansichtig wurde. Die Baronin Markowitz hingegen, deren Stimme zuvor so deutlich zu erkennen gewesen war, entdeckte der Hofkapellmeister nirgends. Marchand trat in Volumiers Blick, der den Raum nach der Frau absuchte, und fragte ihn nach seinem Anliegen.

Der Hofmusikdirektor streckte ihm den Umschlag entgegen. «Auf diesem Billet finden Sie die Anforderungen des Monsieur Bach an Ihren Vortrag am Abend. Darf ich Sie nun Ihrerseits um die Aufgaben für Monsieur Bach bitten?»

Marchand breitete die Arme aus. «Ich habe nichts dergleichen vorbereitet.»

Um seine innere Unruhe zu verbergen, setzte Volumier eine gelassene Miene auf. «So schauen Sie doch nach, was Bach Ihnen aufgibt, Monsieur, und richten Sie Ihre Aufgaben danach aus. Dies verstößt nicht gegen das Reglement. Im Gegenteil. Ich werde warten.»

Einen Moment lang starrte Marchand Volumier unschlüssig an. Dann nickte er und sagte: «Gut. Gedulden Sie sich einen Augenblick.»

Das Zimmer war nicht groß. Volumier verharrte im Eingangsbereich und stellte Mutmaßungen an, wo sich die

Baronin Markowitz versteckt halten mochte. Ihr Parfüm jedenfalls lag noch im Raum und auch eines ihrer Kleidungsstücke – Volumier vermochte nicht genau zu erkennen, was es war, ob Unterrock oder Spitzentuch.

Das Bett war in schwerer Unordnung und nur notdürftig zugedeckt. Ob die Baronin tatsächlich, wie die Umrisse vermuten ließen, unter der Decke schmorte?

Zeit für längere Beobachtung war nicht, denn Marchand hatte an einem Tischchen mit einer Feder ein paar Notizen niedergekritzelt, die er dem Wartenden nun mit beiläufiger Geste überreichte.

Volumier musterte die Außenseite, als könne er das Papier durchdringen und so erkennen, was der Umschlag enthielt. «Fühlen Sie sich den Aufgaben gewachsen, die Meister Bach Ihnen stellt, Monsieur Marchand?»

«Durchaus», antwortete der Franzose. Dann fügte er, nicht mehr ganz so bestimmt, hinzu: «Ich muss zugeben, dass mich die Darbietung meines Rivalen beeindruckt hat.»

«Sicherlich wollen Sie deshalb umso dringender die Herausforderung des Wettstreits annehmen?», unterstellte Volumier mit List.

Marchand straffte seine Gestalt und fuhr sich unwillkürlich über die Brust. Die Hand ließ er unter dem Hemdkragen liegen. «Natürlich, Monsieur. Ich kann durchaus mithalten. Zudem habe ich herausgehört, dass Monsieur Bach sich einige Manieren der französischen Tastenkunst angeeignet hat. Die Strenge des Tonsatzes, die Symmetrie der Abschnitte, die Behandlung der Melodie und die Kunst der Verzierungen …»

Volumier pflichtete mit einer Geste bei. «Ich muss Ihnen recht geben. Bach zeigt sich von französischer Kunst inspiriert. Auch italienische Einflüsse konnte man heraushören. Aber er nimmt es auf und macht etwas Eigenes daraus. Etwas ganz Eigenes. Und ganz Neues.»

Marchand nickte. «Zweifellos.»

Eine Weile standen die Männer im Türrahmen und schwiegen.

«Ich würde Sie ja gern hereinbitten, Monsieur Volumier, aber …»

«Oh, keineswegs, Monsieur Marchand! Maître Bach erwartet mich mit Ihren Aufgaben.»

«Selbstverständlich!»

Und Volumier ließ Marchand mit gerötetem Haupt zurück, das er sich nur durch die Peinlichkeit erklären konnte, die es bedeutete, den königlich-kurfürstlichen Hofkapellmeister auf der Türschwelle warten zu lassen, um ihm den Besuch einer Dame zu verbergen.

MIT DEM BILLET in der Hand querte Volumier ein drittes Mal an diesem Tag das *carpe diem* und fragte sich, welche Lektion Gott ihm mit der Wanderung über dieses Schlachtfeld des Jüngsten Tages wohl auferlegen wollte. Wusste er denn nicht um seine Sterblichkeit? Lebte er nicht gottgefällig und im Antlitz des sicheren Todes? Anders als Marchand, der sowohl durch seine Kunst als auch durch seinen Lebenswandel dem Tode entfliehen wollte? Und auch anders als Bach, der schon jetzt, im Leben, den Zipfel der Ewigkeit zu ergreifen suchte?

Als sich die Tür des Bach'schen Domizils öffnete, stand er erneut Friedelena gegenüber. Kaum dass sie ihn sah, bedeckte sie ihre Augen mit der Hand. Doch Volumier hatte schon gesehen, dass sie rote Ränder trugen. Der Anblick traf ihn mitten ins Herz. Und flößte ihm Panik ein. «Was ist mit Ihnen, Mademoiselle?»

Sie seufzte tief. Um zu verhindern, dass sie sich in nichtssagende Floskeln rettete, ergriff Volumier ihre Hand. «Mademoiselle, ich bitte Sie, was ist mit Ihnen?»

Sie senkte den Kopf. Dann wandte sie sich ab und wollte die Tür schließen. Volumier schob den Fuß dazwischen. Ein Vorgehen, das er sich für gewöhnlich verbat. «Mademoiselle, Sie werden mir doch nicht die Tür weisen?», fragte er, indem er diese mit den Händen wieder aufschob.

Friedelena konnte nicht antworten. Erneut brach sie in Tränen aus. Volumier versuchte, ihren Blick zu erhaschen, doch sie hatte sich abgewandt und ihr Schultertuch vors Gesicht gezogen.

«Aber Mademoiselle, bitte. Warum weinen Sie denn?» Volumier spürte den Impuls zu trösten, zögerte aber, sie zu berühren.

Der Körper der jungen Frau wurde noch immer geschüttelt. Sie hatte beide Hände vors Gesicht geschlagen.

Unschlüssig stand Volumier auf der Zimmerschwelle. «Mademoiselle, soll ich später wiederkommen?»

Entschieden schüttelte Friedelena den Kopf. «Das vergrößert nur die Qual», entrang sie sich.

Allmählich wurde Volumier die Situation unerträglich. Er begann, ihre Trauer als Vorwurf zu empfinden. Und seine Hilflosigkeit als Schuld.

«Friedelena», nannte er sie vertraut, obwohl es ihm sicher nicht zustand. «Ich kann Ihnen versichern, dass ich …», er zögerte, um die rechten Worte zu finden, «niemals irgendwelche Gefühle für Madame van Schouten empfunden habe. Ich gab ihr lediglich ein Obdach.»

Friedelena schluchzte erneut auf. Die Tränen kehrten zurück.

«Sollte es Ihnen anders erschienen sein, entschuldige ich mich in aller Form für dieses Missverständnis.»

Friedelena straffte sich und fand zu Stolz und Anmut zurück. «Ich akzeptiere Ihre Entschuldigung.»

Sofort spürte Volumier, wie sehr sie ihn mit dieser Geste in die Schuld setzte. Ihre Worte waren in Wirklichkeit die endgültige Schuldzuweisung. Und er war dennoch erleichtert.

«Sie wünschen, Monsieur Bach zu sprechen?», sagte Friedelena nun mit gestärkter Stimme.

Volumier nickte mit sanftem Blick. Lieber hätte er sich weiter mit Friedelena unterhalten, doch er besann sich seiner Pflichten. Er streckte ihr das Billet mit Marchands Handschrift entgegen.

Friedelena wollte es ihm abnehmen, da zuckte Volumier zurück. «Ich würde es dem Meister gern persönlich überreichen.»

«Das ist unmöglich.» Friedelenas Miene zeigte Bedauern.

«Warum?»

Verlegen sah sie zu Boden. «Mein Herr Volumier. Herr Bach befindet sich im Zwiegespräch mit Gott.»

«Er betet?» Der Hofkapellmeister zuckte zurück. «Verstehe. Seien Sie also so freundlich und übermitteln Sie Monsieur Bach meine untertänigsten Grüße, sobald Sie ihm dieses Billet überreichen? Wofür ich Ihnen schon jetzt überaus dankbar bin.»

Mit diesen Worten verbeugte sich Volumier und wollte sich abwenden.

«Monsieur ...», begann Friedelena.

Dankbar, dass sie das Wort erneut an ihn richtete, wandte sich Volumier zu ihr um. Als sie sich Auge in Auge gegenüberstanden, errötete sie.

«Mademoiselle?», wollte Volumier sie ermuntern. Und wünschte sich so sehr, dass sie darauf einginge.

Doch Friedelena wich erneut aus. «Ach nichts, Monsieur.»

«So sprechen Sie doch, Mademoiselle!»

«Nein. Es ist nichts.»

ALS ER ÜBER die Schwelle seiner Wohnung trat – den Überrock hatte er noch nicht ganz abgelegt –, da schoss Madame van Schouten auf ihn zu. «Trifft es zu, Monsieur, dass Sie mich beim großen Dresdner Tastenwettstreit nicht an Ihrer Seite wünschen?»

Volumier war nicht in der Laune, Rede und Antwort zu stehen. Ohne ihr ins Gesicht zu schauen, bestätigte er ihre Vermutung.

Die Sängerin stemmte die Hände in die Hüften. «Darf ich bitte schön fragen, mit welcher Begründung?»

Volumier sah die Echauffierte noch immer nicht an. «Ich möchte Monsieur Marchand nicht unnötig provozieren – für den Fall, dass er einen Vorwand sucht, dem Duell auszuweichen.»

Madame van Schouten stieß einen Laut der Empörung aus. «Man wird es in der ganzen Stadt als einen Affront auffassen, dass Sie mich vor die Türe stoßen wie einen Hund!»

«Madame!» Und jetzt – endlich – sah Volumier ihr doch

ins Gesicht. «Ich verstehe Ihre Erregung nicht. Auf welches Recht pochen Sie?»

Da sie keine Antwort hatte, stieß Madame van Schouten nur Luft aus.

«Sie sind», fuhr ihr Volumier in die Parade, «mein Gast. So lange, bis Sie eine standesgemäße Wohnung gefunden haben. Mit Ihrem ersten Lohn als Sängerin meines Orchesters sind Sie in der Lage, sich eine geeignete Akkommodation zu dingen. Ich habe getan, was ich tun konnte.»

Obwohl Madame reichlich überpudert war, drang die Gesichtsröte hindurch.

«Monsieur, ich werde Ihre Gastfreundschaft nicht länger strapazieren und noch heute Ihre Wohnung verlassen.»

Volumier machte eine galante Verbeugung. «Seien Sie weiterhin jeder Hilfe versichert, die ich Ihnen zukommen lassen kann. Ich schätze Ihre Stimme als neuen Ton meines Ensembles, Madame. Sehr sogar.» Mehr, als ich Ihre Person schätze, dachte Volumier dazu. Doch das konnte er nicht aussprechen.

«Glauben Sie mir», fuhr Madame van Schouten fort, und ihre Rede war durch einen Zorn gefärbt, der Volumier aufhorchen ließ, «ich werde beim Dresdner Tastenduell zugegen sein!»

Volumier nickte schicksalsergeben. Die Zahl seiner Gegner hatte in erschreckendem Maße zugenommen.

DER GARTENSAAL des Flemming'schen Palais war, das musste der Kapellmeister gegen seinen Willen zugeben, ein hervorragender Ort. Er fasste ausreichend Publikum, ohne dass die Zuschauer in Platznot gerieten. Die Decken waren hoch genug, den Tönen freie Entfaltung zu geben. Die Einrichtung – Vitrinen, Kommoden, Sofas, Sessel – war aus edlen Hölzern und dichten Stoffen gefertigt. Auch das versprach einen guten, satten Klang.

«Veranstalten Sie, Exzellenz, häufiger Konzerte in diesen Räumlichkeiten?»

Statt einer Antwort verbeugte sich Flemming mit einem vielsagenden Lächeln. Als er den Kopf wieder hob, sagte er: «Es ist mir eine Ehre, dass Sie die Tauglichkeit meines bescheidenen Domizils höchstpersönlich begutachten, Monsieur Volumier.»

Volumier hörte sehr wohl die Spitze heraus. Insgeheim fragte er sich, warum er niemals zu solch einem Konzert geladen gewesen war.

«Inspizieren Sie, was immer Sie wollen», forderte Flemming ihn auf.

Volumier sah sich im Saal um. Der Kanzler verfügte über ein Cembalo und ein Spinett. Die Instrumente waren in der Mitte des Saales aufgestellt. Der Konzertmeister hob nun den Deckel beider Instrumente und schlug ein paar Tasten an, um zu hören, ob sie wohlgestimmt waren. Das Cembalo hatte den Transport aus der Flemming'schen Bibliothek nicht gut überstanden, etliche Saiten waren gesackt. Volumier konnte, obwohl er das Tasteninstrument nicht spielte, die Stimmung selbst vornehmen. Als er fertig war, fragte er den Hausherrn, ob der Standort der Instrumente der endgültige für den Abend sei.

Flemming breitete die Arme aus. «Das liegt in Ihrem Ermessen, Monsieur. Bestimmen Sie, wo die Instrumente platziert werden sollen, und dort werden sie platziert. Wollen Sie es sofort vornehmen? Soll ich die Diener rufen lassen?»

Volumier suchte verschiedene Positionen im Raum auf und klatschte in die Hände. Sorgfältig lauschte er auf das Echo. Dann verfügte er die Standorte der Instrumente. «Das Cembalo hier, das Spinett dort», sagte er mit Bestimmtheit.

Volumier wollte die Instrumente so positionieren, dass die Künstler einander ins Gesicht sehen konnten, zu dem Preis, dass einer von beiden dem Publikum abgewandt saß. Flemming ließ die Hausdiener rufen, und binnen kurzem standen die Instrumente wie verlangt.

«Ich bewundere Ihre Zielstrebigkeit, Monsieur le Directeur. Sie wissen, was Sie zu tun haben, um den Kunstgenuss zur Vollendung zu bringen.»

«Ich bin seit etlichen Jahren in musikalischen Diensten Seiner Majestät des Königs. Und Seine Majestät wählt nur die Besten aus.»

Flemming nahm ihn in den Blick. «Seit etlichen Jahren», schmeckte der Kanzler Volumiers Formulierung nach, «in der Tat.»

Volumier bereute, was er gesagt hatte, denn Flemmings nächster Satz schien unmittelbar daran anzuknüpfen. Auf den Kopf zu fragte er ihn: «Was würden Sie tun, wenn Seine Majestät Maître Marchand statt Ihrer zum Hofkompositeur und Direktor der französischen Hofmusik ernennen sollte?»

Volumier wurde heiß unter der Perücke. Ihm war bewusst, dass Flemming ihn prüfen wollte. Und er glaubte fest daran, dass der Kanzler keine Wahrscheinlichkeit aussprach, sondern lediglich eine Möglichkeit.

«Ich finde nicht, Exzellenz – und ich flehe Sie an, diese Äußerung für sich zu behalten», Volumier zögerte fortzufahren, «dass Monsieur Marchand den geeigneten Lebenswandel für diese Position hat. Der Direktor der Hofkapelle muss pünktlich und kühlen Kopfes zu den Proben erscheinen. Er muss ein Vorbild für die ganze Schar der *musici* sein, Exzellenz, und Sie wissen selbst, aus welch mitunter fragwürdigen Subjekten sie sich zusammensetzt.»

Flemming lächelte vielsagend. «Und doch glaube ich, dass unser Herrscher eine gewisse Neigung zu Marchand gefasst hat. Er ist ein Mensch, der seine Leidenschaften lebt. Wie auch Seine Majestät. Die beiden ähneln einander.»

«Seine Majestät ist Seine Majestät. Und nicht der Hofkapellmeister», wandte Volumier ein.

Flemming lachte amüsiert, ohne Volumier aus den Augen zu verlieren. Dann wurde er wieder ernst. «Und Bach?»

«Wie sollte Meister Bach Direktor der französischen Hofmusik werden? Er spricht nur gebrochen Französisch ...»

«Seine Majestät der König möchte der deutschen Sprache bei Hofe wieder eine stärkere Rolle geben. Und ebenso der deutschen Musik. Er möchte Bach beauftragen, eine Oper für sein Hoftheater zu schreiben. Kein bürgerliches Singspiel, wie man es in Hamburg oder Leipzig gelegentlich verfasst, sondern eine Oper nach rein höfischer Manier ...» Flemming musterte ihn, während er dies aussprach.

Nun war es an Volumier, laut heraus zu lachen. «Was soll das sein, eine ‹deutsche Oper in höfischer Manier›? Die Kultur des Hofes ist die französische! Was hat die deutsche Sprache dort zu suchen?»

«Nun, wenn Bach sie für uns schreibt, ist es eine deutsche Oper.»

Volumier schüttelte den Kopf. Wie konnte solch ein hoher Herr einen derartigen Unverstand in sich tragen? «Bach schreibt keine Opern. Und er komponiert allein, um

Gott zu ehren. Mit diesem Vorschlag machen Sie sich lächerlich, Exzellenz. Ich flehe Sie an: Unterbreiten Sie ihn nicht!»

«Nun», sagte Flemming, «wir haben es schon getan.»

«Wie meinen?»

«Wir fragten Monsieur Bach bereits, ob er uns eine deutsche Oper schriebe.»

Volumier schwieg, um diesen Umstand zu verdauen. «Und wie hat er reagiert?», fragte er dann.

Sorgfältig überlegte Flemming, bevor er antwortete. «Sagen wir es so, er hat nicht rundweg abgelehnt. Die Bedingung war allerdings, dass er die Oper hier in Dresden schreiben dürfe. In Lohn und Brot.»

«Seine Majestät möchte Bach an Dresden binden?»

«Ja, das ist unsere Absicht. Und Maestro Bach scheint – *cum grano salis* – einverstanden.»

Volumier schluckte. Offenbar unterhielt Flemming eigene Verbindungen, hatte sogar hinter seinem Rücken mit Bach verhandelt!

«Glauben Sie, Volumier», fragte ihn der Kanzler da, «dass er geeignet ist?»

«Geeignet?» Der Hofkapellmeister war hin und her gerissen. Dann senkte er die Stimme und sprach, indem er jedes einzelne Wort betonte: «Exzellenz, was Bach der Orgel entlockt, sind die außerordentlichsten Klänge, die ich auf Erden vernehmen durfte.»

Flemming straffte seinen Körper und senkte ebenfalls die Stimme. «Ihnen ist bewusst, dass Bach Sie beerben kann?»

Volumier sah zu Boden. «Exzellenz, darf ich ehrlich sein?»

«Ich bitte darum!»

Der Hofkapellmeister zögerte dennoch. «Ich glaube nicht, dass Bach es allzu lange in Dresden aushalten wird.»

«Warum nicht?»

«Er ist ein gottesfürchtiger Mensch und widmet seine Leidenschaften allein der Musik. Ich glaube, mit Verlaub, er schätzt eine etwas nüchternere Atmosphäre mehr als dieses überzuckerte Dresden ...»

Flemming nickte. Er nahm einen langen Anlauf, und Volumier ahnte, dass er den Abschluss des Gesprächs zu gewärtigen hatte. «Ich danke Ihnen, Monsieur Volumier, für Ihre Aufrichtigkeit. Und sehe mit großer Erwartung und noch größerer Freude dem Wettstreit entgegen. Mit allergrößter Freude. Seien Sie versichert, dass Ihnen Augusts Dankbarkeit überreichlich zuteilwerden wird. Sie wissen, Monsieur, ich bin ein sachlicher Charakter und lasse mich selten zu überschwänglichem Lob hinreißen, aber dergleichen hat die Welt noch nicht gesehen!»

«Die Welt nicht und Dresden auch nicht», ergänzte Volumier überflüssigerweise. Doch in diesem Moment war es ihm ein Bedürfnis gewesen, Dresden vom Rest der Welt zu scheiden.

ALS ER DAS Spitzenjabot angelegt hatte und gerade den gelbgoldenen Hofrock vom Gestell nehmen und überziehen wollte, hörte er vom Gang her Tumult: seine Magd im Dialog mit einer hohen, sehr kräftigen Stimme. Schon vermeinte er, den Sopran der Madame van Schouten zu hören. Dann erkannte er, dass dies keine musikalisch ausgebildete, obschon von Natur aus schöne Stimme war. Das am meisten beunruhigende Moment aber war, dass sich die Stimme rasch näherte. Die Dame würde es doch wohl nicht wagen, ihn in seiner Schlafkammer in eine peinliche Situation zu bringen, dachte er noch. Er hatte nicht einmal seine Perücke übergezogen!

Da wurde die Tür schon aufgestoßen. In der Füllung stand die Baronin Markowitz und keuchte – an ihrem Ziel angelangt – schwer von der Anstrengung.

«Monsieur Volumier», begann sie, noch außer Atem. «Ich muss Sie davon in Kenntnis setzen, dass dieser Feigling verschwunden ist!»

Volumier stand bereits stocksteif da, es war unmöglich, noch mehr zu erstarren, doch die Nachricht gefror ihm förmlich die Glieder. Er wusste, von wem die Rede war, und wollte es doch aus ihrem Munde hören. «Wen meinen Sie, allerverehrteste Durchlaucht?»

«Nun, diesen Halunken Marchand!»

Volumier stieß Luft durch die Nase. «Das muss ein Irrtum sein. Er hat mir sein Wort gegeben, dass er spielen wird.»

Die Baronin Markowitz spitzte spöttisch die Lippen. «Und Sie glauben tatsächlich, dass das auch nur einen Groschen wert ist?»

Schweiß stand auf des Geigers Stirn. Die Perücke – und das würde er der Baronin nie verzeihen – thronte noch auf ihrem Stock. Seine braunen, hier und da schon von Grau durchzogenen Haare standen in alle Richtungen ab. Er kam sich vor wie ein goldgelber Papagei in der Mauser.

«Abgereist?», krächzte er. Volumier vermochte kaum, die eigene Stimme zu hören, denn erst jetzt begriff er die Dimension des Vorgangs. «Er ist …?» Seine Sprache versiegte.

Die Baronin bestätigte die Ungeheuerlichkeit mit einer kleinen Geste. «Mit allem, was er sein Hab und Gut nennt. Was, mit Verlaub, in einer Schachtel Platz findet.»

Volumiers Hand zitterte, als er nach der Perücke griff. Dass die Baronin im Raume stand, als er sie sich überstülpte, störte ihn jetzt nur noch wenig. Der einzige Gedanke, der ihn abgrundtief empörte, war: Das Duell wird nicht stattfinden!

Doch der ganze Hofstaat wartete darauf. Und er, Jan Woulmeyer, würde vom König zur Verantwortung gezogen werden, wenn es – aus welchen Gründen auch immer – ausfiel. Mit ausgesprochen schlechter Laune komplimentierte er die Baronin hinaus, um einen klaren Gedanken zu fassen.

•

KAUM HATTE die Baronin ihn verlassen, klopfte es erneut an der Tür. Die Hausmagd trug eine Waschschüssel mit frischem, auf Zimmertemperatur erwärmtem Wasser herein. Volumier zog die Perücke aus, reinigte sein Gesicht, parfümierte sich und warf sich dann erneut den Rock der Gala-Hofuniform über. Schließlich zog er auch die Perücke wieder auf. Er wollte schon nach seinem Gehstock greifen, da trat erneut die Hausmagd ein.

Vor sich trug sie ein Tablett. Und darauf lag ein papierner Umschlag – parfümiert. Die Handschrift darauf war offenbar die eines Mannes. Volumier erbrach das Siegel mit zitternden Händen. Es war Marchand, der da schrieb. Nach dem Besuch der Baronin erahnte Volumier schon den Inhalt. Das Lesen der kippenden, fliehenden Buchstaben war nur noch Formsache:

«Monsieur, dringende Geschäfte haben meine Abreise erfordert. Mich dauert außerordentlich, dass ich Maître Bach das Feld kampflos überlassen muss. Aber so ist es nun einmal. Leben Sie wohl!»

So banal. So lapidar. Volumier knirschte mit den Zähnen. Dann – er wusste selbst nicht, wie – brach sich ein Wutschrei Bahn. Eine Gefühlsäußerung, die ihn erstaunte. In seiner Faust knüllte er das Papier mit der Hiobsbotschaft zu einer winzigen Kugel, so klein, dass er sie beinahe hätte verschwinden lassen. Doch dann besann er sich und entfaltete sie wieder. Womöglich würde er vor seinem Herrscher Rechenschaft ablegen müssen. Dieser Gedanke ließ ihm abwechselnd heiß und kalt werden. Der Hof fieberte dem Duell der Giganten entgegen. Seine nobelste Aufgabe – die nobelste Aufgabe der französischen Hofmusik – war der Zeitvertreib dieser nach Amüsement gierenden Gesellschaft.

Der nächste Schritt lag auf der Hand: Er musste sich Bachs Auftrittes versichern. Denn ohne Bach … Volumier erzitterte. Er konnte den Gedanken nicht zu Ende denken. Die Hofgesellschaft erwartete ein Fest der Musik. Einzig und allein Meister Bach konnte dies jetzt noch bieten.

ALS VOLUMIER Bachs Domizil erreichte, war seine Hofgarderobe durchgeschwitzt und die Perücke voller Staub. Er war denkbar ungeeignet, einen günstigen Eindruck zu machen.

Schon vom Treppenflur her war das Cembalo zu erlauschen. Zu Volumiers großer Überraschung erklang eine prachtvolle Ouverture im reinsten höfischen Stil. Sie hätte direkt aus Versailles kommen können. Volumier vermeinte, die Töne im Sonnenlicht glitzern zu sehen, und wurde, obwohl äußerlich kaum wiederherzustellen, dank der Musik innerlich doch wieder ruhig genug, um Bach gegenüberzutreten.

Friedelena errötete, als sie die Tür öffnete. Er entbot ihr seinen Respekt und fragte ohne Umschweife nach dem Schwager. Der hatte schon bemerkt, dass jemand eingetreten war. Die Musik war verstummt, und die plötzliche Stille ließ die beiden seltsam unbehaust in dem düsteren kleinen Flur zurück. Da trat Bach vom Musikzimmer her zu ihnen und ergriff Volumier freundlich bei den Armen. «Sicherlich bringen Sie mir Nachricht von Monsieur Marchand. Wie geht es dem Duellanten? Bereitet er sich vor?»

Volumier erblasste, und Bach merkte allein am Gesichtsausdruck, dass etwas nicht stimmte.

«Monsieur Marchand hat … keine Abschiedsworte hinterlassen …», brachte Volumier stockend und um Fassung ringend hervor.

Bach war zu klug, um irgendetwas zu überhören. «Abschied? Was soll das heißen?»

Volumiers Blicke wichen denen des anderen aus. Sie flohen in alle Ecken des Flures, suchten einen Ausgang, fanden keinen und kehrten daher zum Ausgangspunkt zurück. Der Hofkapellmeister hatte Tränen in den Augen, als er Bach gestand: «Monsieur Marchand ist abgereist. Es tut mir unendlich leid.»

Bach schwieg mit verschlossener Miene. Dann machte er auf dem Absatz kehrt und wandte sich ab. Trat gedankenverloren an die Schwelle zum Musikzimmer. Kehrte wieder zu Volumier zurück. «So wird es kein Duell geben?», fragte er, obwohl ihm das doch klar sein musste.

Volumier senkte den Kopf. «Ich bitte Sie untertänigst, dem Hof dennoch einige Ihrer Improvisationen zu Gehör zu bringen. Sie, Meister, allein. Inständig.» Beinahe wäre er vor dem Komponisten auf die Knie gefallen.

Nun war es Bach, der Volumiers Blick auswich. Wieder wandte er sich ab, verschwand durch die Tür des Musikzimmers, kehrte jedoch gleich in den Flur zurück. Friedelena, die sich die ganze Zeit über im Hintergrund gehalten hatte, fühlte sich berufen, etwas zu sagen. «Bitte, Herr Schwager, entsprecht dem Wunsche des Hofmusikdirektors.»

Volumier warf ihr einen dankbaren Blick zu, war jedoch unsicher, ob sie sich auf geschickte Art und Weise für sein Anliegen verwandt hatte. Bachs Miene war nur noch missmutiger geworden.

«Hören Sie, Monsieur Volumier, ich werde dringend an einen anderen Fürstenhof gerufen, wo man mir das Amt des Hofkapellmeisters antragen ...»

«Köthen?», fiel Volumier ihm ins Wort, da er seine Neugier nicht länger zügeln konnte.

«Das tut hier nichts zur Sache», wiegelte Bach ab und fuhr dann fort: «Die Begegnung mit Ihrem Fürsten hat mir gezeigt, dass ich mich mit dem Polenkönig nicht gut arrangieren kann. Seine Großzügigkeit kenne ich wohl, aber, bitte verzeihen Sie mir die Offenheit, ich kann mit dem Menschen nicht gut umgehen. Mit seiner Eitelkeit, seiner Weltlichkeit, mit seinem Pragmatismus in religiösen Dingen. Man wechselt seine Konfession nicht zur Morgentoilette ...»

«Meister Bach! Sie begeben sich auf das Feld der Politik.»

Bach gebot ihm mit einer Geste zu schweigen. «Hinzu kommt: Sämtliche seiner Vorschläge – und auch die seines

Kanzlers –, die Musik betreffend, zeugen von eklatanter Unkenntnis.»

Volumier senkte den Kopf. «Die deutsche Oper …»

Bach blickte ihm geradewegs in die Augen. «Haben Sie Ihrem Herrscher nicht mitgeteilt, Monsieur Volumier, dass ich keine Opern verfasse?»

Volumier wusste nicht, ob er verzweifelt sein oder sich doch freuen sollte. Schließlich hatte die Misere auch ihre Vorzüge: Von einem Tag auf den nächsten war seine Stellung am Dresdner Hofe wieder völlig ungefährdet. Marchand war abgereist, Bach nicht interessiert und offenbar anderweitig gebunden … Er selbst würde seine glorreiche Wiederauferstehung im Amt des Direktors der französischen Hofmusik feiern – wenn … ja, wenn es ihm gelänge, das versprochene musikalische Amüsement auf die Beine zu stellen.

«Betrachten Sie es als Abschiedskonzert, Maître Bach, ich bitte Sie auf Knien!» Und er fügte, da sich doch ein jeder von der Aussicht auf guten Lohn einfangen ließ, hinzu: «August wird sich nicht lumpen lassen.»

Bach ließ ihn seine Argumente bis zum Ende vortragen. Dann sagte er, wahrhaftig empört: «Ich arbeite für einen höheren Lohn, Monsieur. Mein Werk ist der Ehre Gottes gewidmet, was kümmert mich der Mammon!»

Über die Heftigkeit dieser Rede war Volumier erstaunt. Er wusste, dass Bach so nicht denken konnte. Vom Gotteslob allein lebte niemand.

«Schwager», verwandte sich Friedelena erneut, «Monsieur Volumier möchte doch nur Ihr und unser Bestes!»

«Und es liegt in meiner Macht zu entscheiden, was mein Bestes ist», fügte Bach trotzig hinzu.

Volumier ärgerte sich über die Angriffslust des Künstlers. Schließlich hatte er ihn mit guter Absicht und aufrichtigen

Argumenten nach Dresden gebeten. Was konnte er schon für die Launen des Franzosen? Die Wut Bachs schien ihm unangemessen. Und er selbst das falsche Opfer. Was er aber nun nicht mehr ausschließen konnte, war, dass auch Bach nicht spielen wollte. Doch es hatte keinen Zweck, weiter in ihn zu dringen. Er würde damit nur seinen Widerstand aufbringen.

«Entscheiden Sie nach Belieben, Monsieur! Aber bedenken Sie auch, dass es späterhin auf Sie zurückfallen wird, wenn Sie einen europäischen Herrscher vom Range Augusts des Starken vor den Kopf stoßen. Denn als etwas anderes denn grobe Unhöflichkeit wird man Ihre Absage nicht auffassen können.»

«Monsieur Volumier, nicht ich habe das Tastenduell scheitern lassen. Monsieur Marchand war es, wenn ich dies in aller Bescheidenheit anmerken darf.»

Volumier sah ein, dass es überflüssig war, an dieser Stelle weiter zu insistieren, und wandte sich zum Gehen. Als er schon auf der Schwelle war, rief Bach ihn zurück. «Monsieur!»

Volumier hielt inne und wandte ihm den Kopf zu. «Ja?»

«Ich habe mich entschieden: Ich werde abreisen. Der Dresdner Hof ist kein Ort für mich. Es gibt keinen Grund, länger darum herum zu reden.»

Volumiers Gedanken stürzten ineinander wie morsches Gebälk. Von der hübschen Idee des Tastenwettbewerbs war rein gar nichts mehr übrig. August hatte die Idee gemocht, so sehr, dass er sie zu seiner eigenen erwählt hatte. Die Absage würde ihn überaus ungehalten machen. Seine Leidenschaften waren unberechenbar, und niemand konnte vorhersagen, welches Los des Herrschers Wut über ihn bringen würde.

Da fiel Volumiers Blick auf eine von Bachs Perücken, die Friedelena in den Händen hielt. Offenbar war sie in deren Pflege begriffen gewesen, bevor sie ihm die Tür öffnen ging.

Bach war bereits im Musikzimmer verschwunden, seine Schwägerin stand unschlüssig im Flur, die Perücke in der Hand. Zielstrebig ging Volumier auf sie zu. Friedelena sah ihm, als er sich ihr ohne Umschweife näherte, entsetzt in die Augen. Volumier streckte die Hand nach ihr aus, nahm die Perücke mit beherztem Griff und steckte sie in seine Tasche. Puderspuren überall an seinen Fingern, seinem Rock.

Friedelena musterte ihn verständnislos. Doch schritt sie nicht gegen den Diebstahl ein, beklagte ihn nicht einmal. Und so verließ Volumier mit der Perücke in der Tasche unbehelligt die Bach'sche Herberge – ohne zu wissen, was er damit anfangen sollte.

NACH HAUSE zurückgekehrt, betrachtete Volumier seine kindische Beute. Als könnte der pudrige Fetzen – *pars pro toto* – den ganzen Bach heraufbeschwören. Und während er sie unverwandt anstarrte und sich fragte, warum er dies Schurkenstück überhaupt gewagt hatte, erkannte er, dass sie das tatsächlich vermochte. Und zwar ganz ohne Magie.

Eine Idee war ihm gekommen, so verwegen, dass er noch davor zurückschreckte: Ein anderer musste Bach verkörpern, musste statt seiner am Instrument sitzen. Und Volumier wusste bereits, wer dieser jemand sein konnte, nein, wer es unumgänglich sein musste, denn niemand sonst fiel ihm ein, der die Bach'sche Manier auf der Orgel besser imitierte als … Anton Schulz!

Eilig ging er zum Schrank. Er ließ die Hand durch die Westen fahren und suchte das Stück, das er am Tag von Schulzens Besuch getragen hatte. Doch das war wie vom Erdboden verschluckt. Die Hausmagd gab, zur Rede gestellt, die Auskunft, dass die Weste, jüngst gewaschen, nun triefnass auf dem Trockenboden hinge.

Volumier stürmte höchstselbst unters Dach und durchforstete den nassen Stoff mit zitternden Fingern. Rechts war die Karte nicht und links nicht … Nein! Doch! Erleichtert zog er das gefaltete Billet heraus und versuchte, das verwaschene Gekritzel zu entziffern. Die Tinte war kaum noch leserlich. Aber es sah nach einer Adresse an der Elbe aus, in einem der kleinen, ärmlichen Gebäude, die den Flusslauf säumten, jedem Hochwasser schutzlos ausgeliefert, fast schon nicht mehr zur Stadt gehörig. Und mit dem nächsten Gedanken war die kurzzeitige Erleichterung wie weggeblasen: Was, wenn auch Schulz abgereist war?

•

Er war es nicht. Volumier fand ihn in einer Pfütze schlechten Weines. Flaschen kollerten über den Boden, als er die Tür aufstieß und sich ihm näherte. Er packte den Überraschten am Schlafittchen und zog ihn aus dem Nassen. Wollte ihn auf die Beine stellen und zerrte ihn, als dies nicht gelang, die Treppe hinunter. Er beförderte ihn mit Griffen, deren Grobheit ihn selbst überraschte, in eine Pferdetränke. Wut und Verzweiflung schienen ihm übermenschliche Kräfte zu verleihen.

Als der junge Mann prustend wieder auftauchte, packte Volumier ihn erneut, und weiter ging die Reise, schnurstracks zu Volumiers Domizil, hinauf in die Wohnung. Madame van Schouten war entsetzt, als sie den derart derangierten jungen Mann sah.

«Helfen Sie mir!», fuhr Volumier sie an, überrascht genug, dass sie das Versprechen ihres Auszugs noch nicht wahrgemacht hatte.

Madame van Schouten wollte widersprechen – womöglich Bedingungen stellen –, doch Volumier verlangte: «Helfen Sie mir oder erwarten Sie niemals wieder Hilfe!»

Sogleich verstummte die Sängerin und verstand, worum es Volumier zu schaffen war. Geschickt legte sie mit Hand an, um den jungen Mann wiederherzustellen.

«Was wollen Sie von mir, Monsieur?», fragte Schulz benommen.

«Das, was Sie selbst wollten: Ich möchte, dass Sie spielen. Seine Majestät Kurfürst August von Sachsen, König von Polen, erwartet, dass Sie in bachischer Manier vor ihm Konzert halten.»

«Warum denn auf einmal?»

«Fragen Sie nicht, machen Sie sich bereit!»

Schulz war nicht in der Lage zu denken. Volumier reichte ihm Kleidungsstücke, die er auf die Schnelle fand und die ihm für einen Auftritt bei Hofe angemessen erschienen. Wie eine Puppe ließ Schulz sich ankleiden, Madame van Schouten half ihm, die Knopflöcher zu finden.

Zum Glück besaßen Schulz und Volumier eine ganz ähnliche Statur. Madame van Schouten verstand es, der etwas geringeren Körperfülle Schulzens durch einige an geeigneten Stellen angebrachte Polster nachzuhelfen. Am Ende drückte Volumier dem Schulz die Bach'sche Perücke auf den Kopf, die mit ihren wohlgeordneten, vollkommen symmetrischen Lockenreihen so etwas wie ein Markenzeichen des Musikers geworden war.

Auf dem Weg in das Flemming'sche Palais impfte Volumier dem jungen Mann Verhaltensregeln ein. Sie sollten verhindern, dass der Betrug aufflog. Volumier erkannte wohl, wie fadenscheinig sein Vorhaben war. Dennoch beschwor er Schulz, er solle sich niemandem nähern, immer auf Abstand zum Publikum bleiben, nach dem Konzert alsbald sich vom Instrument erheben und unter einem Vorwand so rasch wie möglich das Weite suchen. Keinesfalls dürfe er so lange verweilen, dass ihn jemand anzusprechen wagte!

Während er dem Publikum, was unausweichlich schien, zum Applaus sein Gesicht zuwandte, solle er sich ein Taschentuch davor halten, dann werde man es aus Furcht schon unterlassen, ihm zu nahe zu kommen. Er, Volumier, werde dafür sorgen, dass ihm die Menschen vom Leibe blieben, zu erwartende Fragen werde er statt seiner beantworten, denn natürlich hörte man Schulz die Delitzscher Mundart an, die sich doch gehörig von der thüringischen Bachs unterschied.

So hatte man sich, im Austausch letzter Maßregeln gefangen, dem Palais des Kanzlers genähert. Volumier beabsichtigte, durch einen Nebeneingang aufzutauchen, den Überraschungseffekt zu nutzen und den Schulz-Bach alsbald mit dem beginnen zu lassen, was der Anlass seines Auftritts war: dem Spiel am Cembalo.

Doch als sie sich der Terrassentür näherten, schien Schulz seine Aufgabe immer noch nicht vollends begriffen zu haben.

«Was, Monsieur le Directeur, soll ich spielen, sagen Sie es mir!», bat der mit jedem Schritt blasser werdende Jüngling. Schon näherten sie sich dem Eingang zum Gartensaal. Die wartende Menge, die Anspannung, die Neugier, die frohe Erregung – all dies, was ein Konzertereignis abseits der Musik im Kern ausmachte – waren bereits zu spüren. Die Luft vibrierte, Schulz begann zu zittern. Er hatte – so schien es Volumier oder wollte ihm scheinen – genügend Auftritte absolviert, um zu wissen, was für eine Bestie das Publikum sein konnte. Im Triumphzug schritt man in die Arena, doch in der sicheren Erwartung, sich zerfleischen zu lassen. Nur durch Zufall, wenn das Talent einen nicht im Stich ließ, das Publikum aufmerksam genug war und die Kunstfertigkeit nicht zu überhören, wenn die Luft im Saal taugte und auch die Akustik der Musik zum Sieg verhalf, nur dann käme man ungeschoren davon.

Volumier sah Schweißperlen auf Schulzens Stirn.

«Was – um Himmels willen, Maître – soll ich spielen?» Schulz schrie ihm die Verzweiflung ins Gesicht.

«Einerlei! Es muss nur nach Bach klingen! Ihr könnt es. Ihr habt es bewiesen!»

Sie standen an der Schwelle zum Saal. Das Raunen des Publikums drang zu ihnen, doch hatte man sie noch nicht entdeckt. Volumier wusste, dass er rasch handeln musste, um den Überraschungseffekt zu nutzen.

«Was, Meister? Ich weiß es nicht! Gott steh mir bei!»

Volumier spürte, wie Schulzens Knie wegsackten.

«Spielen Sie, was Sie mir vorspielen wollten!», herrschte er ihn an. Und damit ergriff er Schulzens Handgelenk, zog ihn durch die Doppeltür, und schon waren sie mitten im Raum. Die hohe Gesellschaft stand in Gruppen umher, einige hatten die Eingetretenen bemerkt, andere nicht. Volumier schob Schulz zum Cembalo und drückte ihn auf den Hocker. Ohne zu zögern, wischte er den Sammetbezug von den Tasten und zischte dem Jüngling aus dem Mundwinkel zu: «Spiele!»

Wie ein Automat hob Schulz die Hände und tat wie ihm geheißen. Und mit den ersten Tönen formierte sich die Menge wie von selbst und wandte sich mit überraschtem Gemurmel dem Künstler zu. Ohne auch nur angekündigt worden zu sein, füllte seine Musik den Raum. Schnell bezauberte er die Menge durch gekonnte Passagen und einen durchaus feinen Klangsinn. Schulz machte seine Sache gut und ließ die Töne des Instruments in zierlicher Manier frei wie Schmetterlinge durch den Raum tanzen. Oder wie Regentropfen auf die Gemüter der Zuhörer prasseln.

Zu Beginn hielt der Hofkapellmeister die Augen geschlossen. Presste die Lider fest zusammen. Volumier betete – und es war selten, dass er aus freien Stücken betete, aber in diesem Moment schien es ihm notwendig –, dass der Alkohol, der ganz sicher noch durch Schulzens Blut waberte, ihm den Kopf nicht zu sehr benebelte. Das Spiel in bachischer Manier erforderte die Ordnung der Gedanken und die Zähmung der Finger. Doch schon bald getraute sich Volumier, die Augen zu öffnen, denn Schulz war selbst in diesem Zustand seiner Aufgabe gewachsen. Es war kein Bach, der da spielte, doch der Ersatz-Bach beherrschte dessen Tonfall mit einer Sicherheit, die große Übung voraussetzte. Und da das Publikum ihn nur von hinten sah, schien tatsächlich niemandem aufzufallen, dass es sich nicht um den echten Bach handelte. Die Musik, die Schulz dem Instrument zu entlocken verstand, stellte alle zufrieden.

Der Halbkreis des Publikums hielt respektvollen Abstand, niemand trat näher als auf ein paar Schritte an den Künstler heran, und selbst der starke August hatte sich zwar in die vorderste Reihe postiert, seine gestrengen Blicke auf dem Rücken des Musikers, doch in den Kreis der Ehrfurcht zu treten und damit den Respekt vor der Kunst zu verletzen, wagte auch er nicht.

Schulz improvisierte eine geschlagene Stunde. Dann brach er – es sah theatralisch aus, doch in Anbetracht der Umstände zweifelte Volumier nicht daran, dass es echte Erschöpfung war – über den Tasten zusammen. Der Applaus war verdient. Es gab einzelne Ausrufe der Besorgnis angesichts des kollabierten Musikers. Schon trat August in den Halbkreis, um den Künstler zu belobigen, da gab Volumier Schulz einen Stups an der Schulter, um ihn an die Abmachung zu erinnern. Als der nicht reagierte, zog er ihn kurzerhand vom Hocker, legte sich dessen Hand über seine Schulter und schleppte ihn geistesgegenwärtig zum Ausgang.

Als sei ihm plötzlich unwohl geworden, zog Schulz das Spitzentaschentuch mit der freien Hand aus der Weste und hielt es sich vor den Mund. Und als der Schulz-Bach, derart von Volumier gestützt und vornübergebeugt, durch die Terrassentür nach draußen stürzte, hielt August erschrocken in seiner Annäherung inne, denn er verstand wie alle anderen, was sich vor ihren Augen zutrug: dass der große Bach trotz Krankheit die Mühsal dieser Vorstellung auf sich genommen und nur so lange gespielt hatte, wie er es gerade noch hatte ertragen können.

Volumier, sogleich von draußen zurückgekehrt, traf August vor dem verwaisten Cembalo an und ergriff das Wort: «Verehrte Messieurs und Mesdames, Exzellenzen und durchlauchtigste Herrschaften, Eure Königliche Majestät: Der größte Tastenkünstler, den unsere Zeit kennt, fühlt sich unwohl. Dies war auch der Grund für die Verzögerung zu

Beginn, die wir untertänigst zu entschuldigen bitten. Danken wir Johann Sebastian Bach, dass er uns trotz allem diese Probe seiner Kunst dargeboten hat. Anders als Monsieur Marchand, der dem Wettstreit ausgewichen ist. Doch nun bitte ich Sie, den Künstler zu entschuldigen. Er bedarf der Ruhe zur *récréation* seines unerschöpflichen musikalischen Genies.»

Das Publikum tat sein Verständnis für den großen Bach kund, und selbst August trat mit grimmiger Miene und sichtlich schweren Herzens von seinem Vorhaben zurück, den Künstler persönlich und vor den Augen des Hofes zu belobigen. Auch Volumier empfahl sich, nachdem er mit gesenktem Kopf – vor Scham, nicht aus Bescheidenheit – einige Komplimente entgegengenommen hatte. Dann trat er nach draußen, floh, so rasch es ging, mit ein paar wankenden Schritten und brach hinter der Deckung eines Gebüschs zusammen.

DER TRIUMPH schien vollkommen, der Betrug geglückt. Und doch war es ein Pyrrhus-Sieg, denn er erschütterte alles, was Volumier glauben wollte: dass die Kunst eines Menschen einmalig war, da unmittelbar mit seiner Persönlichkeit verknüpft. Die Kunst des großen Bach, eines der erstaunlichsten Talente dieser Zeit – sollte sie ersetzbar sein durch einen blassgesichtigen, pockennarbigen und noch dazu angetrunkenen Jüngling?

Seine Schritte hatten ihn unwillkürlich erneut in die Nähe des Bach'schen Domizils geführt. Er wollte nach Spuren suchen, nach Tönen, die noch nicht verhallt waren. Irgendetwas musste doch von der vergangenen Anwesenheit dieses Großen künden, es konnte nicht sein, als sei er niemals da gewesen! Oder hatte Bach Dresden niemals besucht, und Volumier war nur in dem irrigen Tagtraum gefangen, er sei hier gewesen?

Und tatsächlich, als er in die verwaiste Schlafkammer trat, fand er auf einem Tischchen, so ausgelegt, dass er es gleich entdecken musste, ein Billet. Es war nicht Bachs präzise, gezirkelte Schrift, sondern die geschwungene Handschrift einer Frau: Friedelena! Und die Worte, die er in dieser zarten Schrift las, waren noch zarter: *Pour le cher Monsieur Volumier.*

Mit zitternden Händen entfaltete er das Billet und überflog die Zeilen. Und als er ans Ende gelangt war, begann er, von vorn zu lesen, um ganz sicherzugehen, dass er alles verstanden hatte: dass Bach habe überstürzt abreisen müssen, nicht, weil er nicht habe spielen wollen, sondern weil er – wie Volumier schon vermutet habe – ein attraktives Angebot des Hofes von Sachsen-Anhalt-Zerbst in Köthen erhalten habe. Die dortige Stelle des Musikdirektors und Hofkompositeurs sei vakant, und Bach wolle diese handfeste Möglichkeit nicht durch Zögern und Zaudern vertun. Sie bitte ihn daher – und auch den Herrscher und seinen Hof – in Bachs Namen um Verständnis für seine Abreise. Auch ein Künstler müsse nach dem Brot gehen. Und dann kam eine Bemerkung, die Volumiers Herz bluten ließ, da Friedelena ihn unmittelbar ansprach: «Es ist mir, verehrter Monsieur Volumier, besonders schmerzhaft, von Ihnen zu scheiden, ohne mich redlich verabschiedet zu haben. Glauben Sie mir, dass mir nichts lieber gewesen wäre, als in Ihrer Nähe zu bleiben. Allein, ich bin meinem Schwager verpflichtet und bei meiner Schwester im Wort. Ich hoffe sehr, dass unserem freundschaftlichen Verhältnis ein Fortleben beschieden ist und wir uns recht bald wiedersehen.»

In einer heftigen Gefühlswallung presste Volumier das Billet gegen seine Brust. So stand er, wohl eine Stunde lang. Er hörte nicht, wie die Eingangstür knarrte. Hörte nicht, wie die Zimmerwirtin hereintrat. Gewahrte sie erst, als eine Frage an ihn gerichtet wurde: «Monsieur? Geht es Ihnen gut?»

BEI SEINER RÜCKKEHR am späten Abend erwartete ihn eine aufgeregte Hausmagd. «Endlich sind Sie da! Der Herrscher hat nach Ihnen schicken lassen, nicht ein-, nein, viermal ist ein Bote des Hofes vorstellig geworden!»

Volumier nahm sich eben die Zeit, die notwendig war, die Alltagsgarderobe gegen die Hofuniform zu tauschen. Dann begab er sich – zu Fuß, da es ihm als die schnellste Möglichkeit erschien und Tragchaisen um diese Uhrzeit nicht mehr zu dingen waren – zur königlichen Residenz.

Er wurde gleich vorgelassen. Auch Flemming war trotz der späten Stunde noch zugegen. Beide zogen strenge Gesichter, und Volumier ahnte nichts Gutes. Bedenklich lang füllte allein die Stille den Raum. Der Hofkapellmeister wagte nicht, irgendetwas zu sagen. Es gehörte sich nicht, vor dem Herrscher das Wort zu ergreifen. Also harrte er fügsam aus.

Schließlich brach August das Schweigen. «Ich danke Euch, Maître, dass Ihr uns die Musik des ehrenwerten Johann Sebastian Bach zu Ohren gebracht habt. Zwar nicht in der gedachten Weise, doch liegt dieser Mangel in Ursachen begründet, die nicht Ihr zu verantworten habt.»

Volumier machte eine ergebene Verbeugung. Er wagte nicht, irgendetwas zu sagen.

«Die Tastenkunst des Johann Sebastian Bach», fuhr August der Starke fort, «ist fürwahr eine so außerordentliche, dass sie jede Mühe rechtfertigt, sie zu Gehör zu bringen.»

Volumier vermeinte, eine unangenehme Anspielung herausgehört zu haben, und harrte weiter aus.

Die Blicke des Herrschers und seines Ministers ruhten auf ihm. Man erwartete irgendeine Äußerung, doch Volumier wollte nichts sagen. Ein falsches Wort konnte ihn Kopf und Kragen kosten. Er verfluchte den Tag, der ihm die Idee eingeflößt hatte, Bach und Marchand nach Dresden einzuladen.

Das Schweigen wurde unerträglich. Und kurz bevor er den Raum mit irgendeinem beliebigen Geräusch gefüllt hätte, nur um einen Klang zu hören, wusste Volumier endlich, was er sagen wollte: «In der Tat ist es jede erdenkliche Mühe wert, Bachs Kunst dem Publikum nahezubringen. Jeder Mensch sollte ihn gehört haben, denn seine Musik macht wahres Menschsein aus.»

«Freilich ist es kaum möglich», sprach August aus schmalen Lippen, «dass jeder Mensch Bachs Musik hören kann. Es sei denn, der Meister vervielfachte sich derart, dass es ihm gelänge, an verschiedenen Orten zugleich zu sein …»

Volumier stutzte. «Wie sollte das möglich sein?», hörte er sich fragen, ohne es zu wollen.

August und Flemming warfen sich einen Blick zu. «Eigentlich ist es unmöglich. Und doch hat man von solchen Vorgängen gehört … Erst jüngst trug sich solch eine erstaunliche Begebenheit vor unsren eigenen Augen zu», sagte August da mit freundlichem Gesichtsausdruck. Und Flemming nickte in ehrlicher Zustimmung.

Volumier wurde heiß und kalt. August wusste von dem Betrug! Doch anstatt seinen Zorn über ihn auszuschütten, lachte ihn der Herrscher einfach aus.

Doch dann wurde der König ernst. Er ermunterte seinen Kanzler mit einer Geste. Instinktiv wich Volumier zurück, als sich der Minister näherte. Erst als der die Hand ausstreckte, sah Volumier, dass er einen ledernen Beutel darin hielt. Die Schamesröte schoss ihm ins Gesicht.

«Da Herr Bach den Kampfplatz allzu rasch verlassen hat, war ich nicht in der Lage, ihm die Ehrengabe zu überreichen. Bitte, Monsieur Volumier, falls Ihr dem ehrenwerten Künstler noch einmal begegnen solltet, richtet ihm meinen ergebensten Dank aus.»

Damit gab er den Beutel in Volumiers Hände. Er war prall gefüllt. Volumier spürte die Münzen durch das Leder hindurch und verbeugte sich tief, damit niemand die Röte in seinem Gesicht entdeckte. Rasch wollte er sich zum Gehen wenden, doch August war dicht an ihn herangetreten und packte ihn beim Ärmel. «Seid versichert, Monsieur, dass Eure Stellung als Direktor der französischen Musik an meinem Hofe eine völlig unangefochtene ist.»

Volumier verging vor Scham. Der Großmut seines Herrschers war ohne Beispiel.

August entließ ihn. Der Musikdirektor war unendlich erleichtert, als sich die Flügeltür hinter ihm geschlossen hatte.

Und als er vor dem Residenzschloss verharrte, beim Dämmerlicht einiger Fackeln den Beutel öffnete, die Lederstrippen auseinanderzog, immer noch unwissend, ob er Schulz oder Bach den Lohn für das Konzert überreichen sollte, da leuchtete es ihm seltsam stumpf aus dem Beutel entgegen. Volumier hielt ihn ins Licht, um besser sehen zu können, und als er genug sah, schoss ihm erneut die Röte ins Gesicht: Der Beutel war prall gefüllt – mit Kupfermünzen!

Eine solche Gabe musste alle beschämen: Schulz ebenso wie Bach und natürlich auch den Überbringer. Volumier eilte die wenigen Schritte zur Elbe, überquerte die Brücke so weit, bis genügend Wasser unter ihm war, und schleuderte den Beutel weit in den Fluss hinein.

•

DIE NACHT hatte ihm wenig Schlaf, dafür aber aufreibende Träume geschenkt. Beim Erwachen lag er wie ein Fremder allein in seinem Bett. Als er seiner Einsamkeit gewahr wurde, sprang er auf.

Ohne Morgentoilette, mit wirr vom Kopf ragenden Haaren und grauen Stoppeln im Gesicht, nur in ein zerknittertes Hemd und eine einfache, am Knie gebundene Hose gewandet, begab er sich ins Musizierzimmer. Schnurstracks eilte er auf sein Instrument zu und ließ die Schnallen aufschnappen. Bevor er die Geige herausnahm, strichen seine Fingerkuppen über den glänzenden Körper. Zärtlich fuhr er ihren Rundungen nach, spürte das glatte, feine Palisanderholz unter dem Lack, die Straffheit der Saiten, wenn er sie berührte.

Er lehnte das Instrument gegen seine Schulter, legte die verhornten Fingerkuppen auf das Griffbrett, während die andere Hand den Bogen in sanfter Annäherung mit den Saiten vermählte, und begann, ohne sich auch nur warm zu spielen, eine melancholische Improvisation über ein Bach'sches

Thema, das in seinem Kopfe nachklang. Er schloss die Augen und ging ganz in der Musik auf. Ließ sich auf den Rhythmus ein, wiegte wie ein Pendel im Takt und fühlte zum ersten Mal seit Beginn der verhängnisvollen Tastenaffäre eine innere Ruhe, die ihn zu sich selbst finden ließ.

Als er den letzten Ton gespielt hatte und langsam die Augen öffnete, erblickte er Madame van Schouten. Sie hatte das Zimmer betreten, ohne anzuklopfen, er wusste nicht zu sagen, wie lange sie schon da stand. Doch das entrückte Strahlen in ihrem Gesicht beschwichtigte jeden Zorn. Es erzählte ihm, dass sie im Hören der Musik genau das empfunden hatte, was er ausdrücken wollte.

Sie stellte ihre leichte Reisetasche auf dem Boden ab. In der anderen Hand hielt sie einen Hut. Dessen Schnüre baumelten herunter bis auf die Dielen.

«Maître, ich danke Ihnen für dieses wunderbare Spiel. So werde ich meine Zeit bei Ihnen in Erinnerung behalten. Wehmütig, doch froh gestimmt.»

Volumier verbeugte sich, ohne die Geige aus der Hand zu legen. «Madame, es war mir ein Vergnügen, Ihnen helfen zu dürfen. Und ich, meinerseits, danke für Ihre Hilfe.»

Madame schien verlegen. «Bitte, Maître, verzeihen Sie mir meine bisweilen allzu scharfen Worte.»

Nun legte Volumier das Instrument doch in seinen Kasten. Er trat auf Madame van Schouten zu und küsste ihre Hand. Die Flämin errötete.

«Sie haben mir die Augen über das Wesen unserer Instrumente geöffnet», sagte er, als er sich wieder aufrichtete.

Madame van Schouten lächelte in zierlicher Art und Weise. «Und ich habe begriffen, Monsieur, dass es Männer gibt, die der ständigen Gegenwart einer Dame nicht bedürfen.»

Er blickte zu Boden. «Dann zählen Sie mich zu jener Spezies?»

Madame van Schouten nickte. «Ganz sicher. Sie sind bereits fest an eine Dame gebunden. Ihr Name ist *La Musique.* Sie ist eine überaus ehrenwerte Partnerin. Ich fürchte allerdings auch, sie ist bisweilen eifersüchtig.»

In einer aufrichtigen Gefühlswallung ergriff Volumier ihre Hände. «Madame, ich wünsche Ihnen Glück!»

Verlegen wandte sie sich ab, hob ihre Reisetasche und ging. Volumier ließ sie in aufgewühlter Verfassung zurück. Hatte sie doch tief in seine Seele geschaut – tiefer, als er sich je zu wünschen gewagt hätte.

ES WAR NICHT der Impuls eines Wahnsinnigen, der ihn aufs Pferd trieb, sondern die Sehnsucht. Lange hatte er darüber nachgedacht, was die Flämin ihm eröffnet hatte, und war zu dem Schluss gekommen, dass es nicht zutraf. Sehr wohl sehnte er sich nach einer Partnerin jenseits der Musik. Doch lag es nicht im Vermögen der Madame van Schouten, diese Sehnsucht zu stillen.

Und noch etwas trieb ihn um: die Frage nach dem, was Johann Sebastian Bach von Anton Schulz unterschied.

Und da Bach mit der ordinären Post und langen Aufenthalten reiste, standen Volumiers Chancen gut, ihn und seine Schwägerin einzuholen.

Der Hofkapellmeister war kein guter Reiter. Doch das Pferd hatte Temperament, und beinahe ohne sein Zutun flog Volumier die Chausseen entlang, aus dem Elbtal hinaus, dessen Waldsäume sich bereits bunt färbten. Der Wind fuhr ihm ins Gesicht, und die noch kräftige Sonne wärmte seine Haut. Mehr als jemals fühlte Volumier sich lebendig, nicht nur seine Finger, die die Saiten eines einzigartigen Instruments zum Klingen bringen konnten, sondern ganz und gar lebendig als Mensch, als Körper. Es war das Gefühl in seinem Herzen, das ihn ins Leben zurückgerufen hatte. Mit jedem Galoppsprung des Pferdes spürte er es sicherer. Das Wiedersehen mit Friedelena nahte und ließ sein Herz vor Freude bersten.

In einem Dorf bei Riesa erreichte Volumier die ordinäre Post. Die Kutsche rastete auf einem Platz unweit der Sandsteinsäule, die die Poststation als solche kennzeichnete. Das himmelblaue Kleid erkannte er bereits von weitem. Friedelena vertrat sich die Beine. Und als sie das Pferd heranpreschen hörte, hob sie den Kopf. Volumier brachte das Tier zum Stehen, sprang herunter und fiel vor ihr zu Boden. Mit letztem Atem brachte er hervor: «Verehrte Madame, wollen Sie die Gnade haben, meine Ehefrau zu werden?»

Als er zu ihr aufsah, standen ihr Tränen in den Augen. Doch ihre Antwort war nicht die erhoffte.

«Ach. Monsieur.» Mehr kam ihr nicht über die Lippen.

«Wie meinen, Madame?», ermunterte er sie, genauere Auskunft zu geben.

Friedelena senkte den Blick. «Monsieur, zwingen Sie mich nicht zur Antwort! Meine Schwester ist guter Hoffnung, einmal mehr. Und ich bin die Stütze der Familie. Wenn ich sie nun, in diesem Moment, im Stich lassen würde, sie verziehe es mir gewiss. Aber ich mir selbst? Nein, ganz bestimmt nicht. Ich nähme es mir auf ewig übel. Ich kann jetzt keine Antwort geben. Aber ich bitte Sie: Warten Sie! Üben Sie sich in Geduld! Glauben Sie, das könnte gelingen?»

Mit einem Blick, der Volumiers Herz schmelzen ließ, sah sie ihn an. Fragend. Zweifelnd. Bittend.

«Ich fühle mich», hob sie erneut an, «Ihnen so nah wie sonst niemandem, Monsieur, aber meine Pflichten sind stärker als meine Gefühle ... Ich bitte Sie inständig: Geben Sie mir Zeit!»

Volumier nickte wie betäubt. Er erhob sich sehr langsam und schlug sich mit zwei kurzen, präzisen Handbewegungen die Knie sauber. «Mademoiselle, ich verstehe Ihre Beweggründe, wie könnte ich nicht? Auch ich messe der Pflichterfüllung einen hohen Stellenwert bei. Allein: Wir sind doch auch Menschen, die ein Recht auf ein erfülltes, vollständiges Leben haben.»

«Aber Monsieur, ist Ihnen die Musik nicht Erfüllung genug? Ist dies nicht ein göttliches Geschenk? Ist es nicht eitel und hochfahrend, noch mehr zu erwarten, über Ruhm und Anerkennung hinaus?»

Volumier nickte nachdenklich. «Und Sie, Mademoiselle?»

Friedelena schlug den Blick nieder. «Ich zehre von der Liebe meiner Schwester, von der Anerkennung, die Monsieur Bach erfährt.»

«So leben Sie das Leben anderer?»

«Ich nehme meine Existenz nicht so wichtig, verstehen Sie?»

Volumier nickte, und doch merkte er, nicht einverstanden zu sein. Er diente der Musik mit Kopf und Herzen. Aber hatte er nicht das Recht auf ein eigenes Glück abseits der Anerkennung durch das Publikum?

«Bitte, Mademoiselle», fügte er mit brüchiger Stimme hinzu, «falls Ihre Schwester und Ihr Schwager Sie jemals in ein eigenes Leben entlassen, teilen Sie es mit mir! Es wäre mir das höchste Glück auf Erden.»

Friedelena sah ihm tief in die Augen und ergriff seine Hände. Sie drückte sie fest. Volumier meinte, ein Lächeln zu erkennen und ein kurzes Nicken. Dann ließ Friedelena seine Hände los. Kraftlos fielen sie vor seinen Schoß. Er verschränkte die Finger, um die Leere nicht greifen zu müssen. Und tatsächlich, da war keine Leere. Sondern ein leises Gefühl von Glück.

ALS VOLUMIER zu seinem Pferd zurückging, trug der Wind den Hauch einer Melodie an seine Ohren. Er hob den Kopf und lauschte. Die Töne kamen von einer kleinen Kirche, die etwas abseits auf einem Hügel stand.

Natürlich, Bach konnte nicht ohne Musik sein, ganz gleich, ob auf Reisen oder zu Hause, ob krank oder gesund, bei Tag oder bei Nacht. Sein Kopf, seine Gedanken, seine Ideen – alles war Musik.

Einen Moment lang spielte Volumier mit dem Gedanken, hinauf zum Kirchlein zu gehen, um sich von Bach zu verabschieden. Das schlechte Gewissen plagte ihn – das Sakrileg, einen Anton Schulz an Bachs Stelle als Tastengenie vorgeführt zu haben. Womöglich war der Betrug dem Musiker schon zu Ohren gelangt? Volumier wurde unwohl, wenn er an die daraus folgende Aussprache dachte, und hielt inne.

Der Wind hatte gedreht und trug nur noch einzelne Fetzen der Improvisation an sein Ohr. Doch als Volumier sich schon umwandte, um das Pferd beim Zügel zu nehmen, drehte er erneut. Mit ganzer Klanggewalt trug der Wind die Töne an sein Ohr, die reich wie aus einem Füllhorn quollen und selbst die Wände seines Herzens zum Klingen bringen wollten. Sein Herz, das manchmal so steinern war wie die Mauern dieses Kirchleins. Doch die jubelnden Höhen des Manuals schienen Risse in die Mauer zu schlagen und den Gefühlen, die er für gewöhnlich tief in sich verborgen trug, einen Weg zu bahnen.

Und da begriff Volumier, was Bach von Schulz unterschied und was ihn selbst wiederum mit dem Genie verband: Allein in der Musik lag die tiefste, endgültigste Äußerung, deren Bach fähig war. Und in seiner Musik hatte Bach ihm längst verziehen.

Dichtung und Wahrheit des Dresdner Tastenduells

Ein Nachwort von Jan Katzschke

Der antiken Sage nach forderte der Satyr Marsyas den Gott Apollon zum musikalischen Duell heraus. Nachdem die Musen Letzteren zum Sieger bestimmt hatten, hing Apollon Marsyas zur Strafe für seinen Übermut an einen Baum und zog ihm bei lebendigem Leib die Haut ab.

Ganz so grausam ging es zu Bachs Zeit nicht mehr zu, doch wer der oft gebrauchten Redewendung nach «zum Apollo gekrönt» wurde, durfte sich damit unzweifelhaft als Meister wissen. Begegneten sich zwei berühmte Musiker desselben Faches an einem Hof, ergriff der jeweilige Herrscher nicht selten die Gelegenheit, beide mit einem verlockenden Preisgeld zu einem aufsehenerregenden Wettstreit herauszufordern. 1650 war Dresden schon einmal Schauplatz eines solchen Ereignisses gewesen: Die Organisten Matthias Weckmann und Johann Jakob Froberger gingen, voller gegenseitiger Bewunderung, als herzliche Freunde daraus hervor. 1709 erklärte Kardinal Ottoboni in Rom Georg Friedrich Händel auf der Orgel und Domenico Scarlatti auf dem Cembalo zum Sieger und ließ somit beide Berühmtheiten mit vollem Recht ihr Gesicht wahren. Doch das bis heute wohl berühmteste Duell der Musikgeschichte, ebenjenes, von dem wir hier gelesen haben, fand 1717, wiederum in Dresden – gar nicht statt.

Die Aura des mächtigen «Sonnenkönigs» Ludwig XIV. elektrisierte in den Jahren um 1700 Fürstenhöfe in ganz Europa. Überall eiferte man seinem Ideal nach: Man unterhielt sich auf Französisch, ließ nach Versailler Vorbild Schlösser und Gärten umgestalten; man pflegte das höfische Ballett, vom Potentaten als Symbol größter Selbstbeherrschung persönlich getanzt, und dazu die noble französische Orchestermusik. Auch Dresden konnte sich mit Ballett- und Theateraufführungen einer «französischen Truppe» brüsten und dazu mit einer Hofkapelle, die sich ab 1709 unter der Leitung des flämischen Geigers Jan-Baptist Woulmeyer zu einem rein instrumentalen Orchester von Weltrang formierte. Dass Jean-Baptiste Volumier, wie der in Frankreich ausgebildete Konzertmeister sich gerne nannte, zu den hochgeachteten Musikern seiner Zeit gehörte, steht außer Frage; leider verbrannten seine Kompositionen bereits 1760 im Siebenjährigen Krieg, sodass sein Name in der heutigen Musikwelt bedauerlicherweise keine Rolle mehr spielt. Doch der große Flötist Johann Joachim Quantz schrieb noch Jahre später, er habe nie mehr ein besseres Orchester als das Dresdner unter Volumier gehört.

Im Wettkampf der europäischen Regentenhäuser stets bestrebt, die besten Musiker an seinen Hof zu binden, witterte Kurfürst August der Starke wohl seine Chance, als 1717 der ehemalige Hoforganist des Sonnenkönigs auf einer Konzertreise in Dresden Station machte. Louis Marchand galt als einer der größten Tastenspieler seiner Zeit, hatte sich in Frankreich jedoch deftige Skandale geleistet, die sogar noch über das in der Novelle Geschilderte hinausgingen: Seine Frau hatte sich von ihm getrennt, da er sie geschlagen hatte, und stellte erhebliche finanzielle Forderungen an ihn. Um einen unliebsamen Konkurrenten loszuwerden, nötigte er eine schwangere Sechzehnjährige, diesen als unehelichen Vater des Kindes zu bezeichnen. Gegen seinen König vergriff er sich im Ton. Und so befand sich Louis Marchand ab 1713 vermutlich auf einer Art Flucht und stellte allerorten nicht nur sein ohne Zweifel großes Können, sondern auch seine ebenso große Überheblichkeit unter Beweis. Letztere wird sogar noch in seinem Nachruf erwähnt!

Vielleicht tatsächlich in der Hoffnung darauf, den unangenehmen Marchand als potenziellen Kollegen loszuwerden, entwickelte Volumier die Idee eines Tastenwettstreites mit dem Weimarer Hoforganisten Johann Sebastian Bach. Dieser hatte bereits einiges Aufsehen erregt, doch wohl noch wenig Bekanntheit über Thüringen hinaus erlangt. Da der amtierende Dresdner Hoforganist Christian Petzold ebenfalls als Virtuose galt, muss Volumier Bachs außergewöhnliche Fähigkeiten bereits gekannt haben, wenn er ihn extra anreisen ließ und ihm zutraute, es mit dem schillernden Marchand aufzunehmen. Die sicherlich willkommene Auszeit von den inzwischen mehr als schwierigen Arbeitsbedingungen in Weimar, die perspektivisch nützliche Einladung in das kunstsinnige und wohlhabende Dresden, aber auch die Aussicht auf die Begegnung mit dem berühmten Marchand mögen für Bach reizvoll genug gewesen sein, um die Einladung anzunehmen.

Dresden hatte als Orgelstadt um 1717 nicht viel Spektakuläres zu bieten. Zwar gab es in der Kapelle im Residenzschloss die berühmte, bereits mehr als hundert Jahre alte Fritzsche-Orgel; doch seit August der Starke 1697 zum Katholizismus konvertiert war, hatte die lutherische Schlosskapelle an Bedeutung verloren. Wichtige Kirchen, die das heutige Dresden prägen, befanden sich noch im Bau oder in der Neugestaltung. So wie die Frauenkirche, über deren Baugrund Volumier in Ralf Günthers Erzählung wieder und wieder laufen muss, um zwischen den Duellanten zu vermitteln. Auch die bis 1708 frisch errichtete Kirche von Loschwitz hatte zu dem Zeitpunkt noch gar keine Orgel – diese ist also ebenso eine freie Erfindung des Novellisten wie der kauzige Organist Anton Schulz.

Doch hatte unlängst der junge sächsische Orgelbauer Gottfried Silbermann gleich nach seiner Ausbildung im wenige Jahre zuvor französisch gewordenen Straßburg die Fachwelt in Erstaunen versetzt: Seine 1714 vollendete große Freiberger Domorgel implantierte genuin französischen Klangcharakter in mitteldeutsche Bedürfnisse und präsentierte zudem eine handwerkliche Präzision, die man bis dahin weder gesehen noch gehört hatte. Fortan wurde der Begriff «Silbermann-Orgel» zum Synonym für höchste Qualität. Es wäre verwunderlich, wenn Bach nicht von diesem bis heute maßstabsetzenden Instrument gewusst hätte. Obwohl ein Besuch Bachs in Freiberg nirgends dokumentiert ist, liegt die Stadt unweit Dresdens doch auf einer seiner möglichen Reiserouten. Wir wissen es nicht, aber verlockend ist die Vorstellung seiner Begegnung mit der berühmten Orgel allemal.

Anders als hier erzählt, ist in zeitgenössischen Berichten zu lesen, dass Volumier Bach zunächst heimliche Gelegenheit gab, seinen Gegner zu hören – offenbar wollte er ihm einen Vorteil verschaffen. Wie den verwegenen Marsyas ließ er daraufhin Bach selbst den stolzen Marchand zum Wettstreit herausfordern, was dieser umgehend annahm; doch diesmal sollte die Sage auf den Kopf gestellt werden. Marchands überlieferte Musik weist ihn als einen der seinerzeit großen Cembalisten und Organisten reinster französischer Schule aus. Bach hingegen war in der mitteldeutschen Tradition aufgewachsen, hatte zudem nicht nur den französischen Stil eingehend studiert, sondern auch die Kunst der norddeutschen Organisten mit ihrer virtuosen Pedaltechnik sowie das moderne italienische Concerto. All diese Strömungen kamen, längst kreativ verarbeitet, in seinem Schaffen zusammen. Sollte auch Marchand Gelegenheit gehabt haben, Bach vorab zu hören, ob in Reifröcken verkleidet oder nicht, wäre ihm – ganz wie Ralf Günther es uns vor Augen führt – bewusst geworden, dass Bach unzweifelhaft vielseitiger als er selbst und die Musik des Thüringers wesentlich komplexer als seine eigene war.

Ein musikalischer Wettbewerb wurde seinerzeit selbstverständlich improvisierend ausgetragen, man stellte sich gegenseitig spontane Aufgaben, und so mag Marchand befürchtet haben, den Herausforderungen Bachs im Ernstfall nicht gewachsen zu sein. Wie auch immer: Im Hause des Grafen von Flemming, Augusts wichtigstem Minister und Armeechef, hatte sich laut Bachs Nekrolog «eine große Gesellschaft beyderley Geschlechts und von hohem Range» versammelt. Als das Duell, gewiss am Cembalo, beginnen sollte, fehlte jedoch Marchand. Ausgesandte Boten berichteten von seiner überstürzten Abfahrt mit der Expresskutsche am frühen Morgen: Nach drei Jahren Konzertreise war Marchand auf direktem Weg zurück nach Paris.

Bach spielte somit allein vor dem Dresdner Publikum und verblüffte die Anwesenden mit seinen Fähigkeiten so sehr, dass er von August dem Starken zwar keine Anstellung, jedoch eine fürstliche Belohnung von 500 Talern zugesprochen bekam – was Bachs doppeltem Jahreseinkommen in Weimar entsprach. Dass dieses Geld der Schilderung nach nie bei ihm ankam, sondern von einem Hofbediensteten veruntreut wurde, ist ein weiteres pikantes Detail dieser kuriosen Geschichte.

Die Ereignisse um den Dresdner Tastenwettstreit sind allerdings ausschließlich aus dem Umfeld Bachs überliefert und tauchen in keiner einzigen französischen Quelle auf. In jenen wird als Grund für Marchands Rückkehr schlicht «Heimweh» genannt. Bach scheint die Musik Marchands durchaus geschätzt zu haben. So heißt es in seinem Nekrolog: «Übrigens gestund unser Bach dem Marchand den Ruhm einer schönen und sehr netten Ausführung gerne zu.» Der Erfurter Organist Jacob Adlung beschreibt, er habe Bach Kompositionen Marchands spielen gehört.

Für Bach sollte der Erfolg in Dresden trotz aller Aufregung um das geplatzte Duell von größter Bedeutung sein. Der Kontakt zur Residenzstadt blieb ihm ein Leben lang mehr als wertvoll; wie an kaum einem anderen Ort war er hier stets willkommen, unterhielt anregende Freundschaften mit bedeutenden Hofmusikern und genoss gunstvolle Förderung adliger Gönner.

Eine Zuneigung zwischen Jean-Baptiste Volumier und Bachs Schwägerin Friedelena ist nicht überliefert, sondern ebenso der Phantasie des Autors entsprungen wie die flämische Sängerin Dominique van Schouten. Was Volumiers Position am Hofe Augusts des Starken angeht, so war der Hofkapellmeister durch die Flucht des Franzosen zwar den unverschämten Marchand los, doch sollte seine Vormachtstellung schon recht bald aus ganz anderer Richtung bedroht werden: Kurz nach dem geplatzten Duell brachte Augusts Sohn den Italiener Antonio Lotti an den Dresdner Hof, der hier neben dem französischen Ballett die italienische Oper vollends etablierte. Reibungen zwischen italienisch und französisch geprägten Hofmusikern waren fortan an der Tagesordnung.

Stiller Sieger der Ereignisse war jedoch der am Wettstreit – und auch in der vorliegenden Novelle – völlig unbeteiligte Hoforganist Christian Petzold, dessen Position somit unangefochten blieb.

Danksagung

An der Entstehung dieses Buches hat der Orgelvirtuose und Bach-Experte Jan Katzschke den größten Anteil. Er schilderte mir die Geschichte des Dresdner Tastenduells im Sommer 2017 so hinreißend, dass die beteiligten Figuren in meinem Kopf sofort lebendig waren. Mit dem Moment der ersten – mündlichen! – Erzählung hauchte er ihnen das Leben ein, das die Charaktere einer erfundenen Geschichte benötigen, um eine eigene Berechtigung jenseits der historischen Wahrheit zu erhalten.

Ich danke ihm dafür, dass er im weiteren Verlauf der Arbeit sein Wissen über Orgelmusik und deren Geschichte, insbesondere aber auch zu Leben und Werk Johann Sebastian Bachs mit mir geteilt hat. Weder hätten meine eigenen Kenntnisse ausgereicht, noch hätte ich mir in so kurzer Zeit derart umfängliches Wissen aneignen können.

Katharina Schlott vom Kindler Verlag gefiel diese amüsante Randnotiz der Musikgeschichte auf Anhieb so gut, dass sie sich für die kurzfristige Aufnahme dieses Büchleins in das Verlagsprogramm einsetzte. Stellvertretend für alle, die die Herstellung und Verbreitung von Verlagsseite aus begleiten, möchte ich auch meine Lektorin Johanna Schwering in den Dank einschließen, deren Arbeit am Text wie immer präzise, stilsicher und überaus inspirierend war.

Last, but not least danke ich meiner Lebensgefährtin und

Schriftstellerkollegin Josefine Gottwald. Vom ersten Gespräch mit Jan Katzschke in einem Dresdner Biergarten bis zur letzten Fahnenkorrektur begleitete und unterstützte sie den kreativen Prozess mit ihren Ideen und liebevoller Ermunterung. Ohne unsere Gespräche und Josefines Liebe zur Musik wäre dieses Buch nicht das, was es geworden ist.

Ralf Günther
Bad Gottleuba bei Dresden, im Juni 2018

Ralf Günther

Die Badende von Moritzburg

Eine Novelle wie ein flirrender Sommertag: über eine einzigartige Begegnung mit dem Maler Ernst Ludwig Kirchner und dem Künstlerkreis «Die Brücke».

1910. Die junge Clara Schimmelpfenninck wird wegen hysterischer Atemnot ins Dresdner Lahmann-Sanatorium geschickt. Nach sechs Wochen ist sie symptomfrei, aber zu Tode gelangweilt. Da wird sie zu einem Ausflug ins nahe Moritzburg eingeladen.

Sie streift durch die herrliche Schilflandschaft und wird von einem Mann angesprochen. Ob sie sich nicht zu ihm, Kirchner, und seinen Freunden gesellen möge. Sie picknicken dort, trinken Wein und arbeiten an ihren Staffeleien – in einer Art, wie Clara es noch nie erlebt hat. Und so verbringt sie einen unvergesslichen Sommertag in der Künstlerkolonie.

112 Seiten

MIX
Papier aus verantwortungsvollen Quellen
FSC www.fsc.org
FSC® C014496

Das für dieses Buch verwendete Papier ist FSC®-zertifiziert.